白杨木鼻子

毕淑敏

我是一位外科医生，做过的手术不计其数。单是给病人切除的胃，就是俗称为“心口”的那个东西，足能装满一马车。

一天深夜我值班，楼道里突然响起急促的跑步声。

医院里是不可以随便跑的，尤其是深夜。

只有一个例外，那就是有了极危重的病人。

急诊室里坐着一对男女。女人戴着大口罩，面表情不清，端然坐着，双手嵌在夹紧的两膝之中，脚尖恭顺地并在一处。那男人干瘪瘦削，眉头紧锁，嘴角翕动，两眼通红，像条被剥掉鳞的金鱼。

毕淑敏

白杨木鼻子

毕淑敏 著

河北出版传媒集团
河北教育出版社

年轮典存丛书

编者荐言

中国当代文学已走过七十多年，每一次文学浪潮的奔腾翻涌，都有彪炳文学史的作家留下优秀作品。

回首20世纪七八十年代，改革开放开启了中国当代文学持续至今的繁盛，由于几百家文学刊物的存在，中短篇小说曾是浩荡文学洪流中的浪尖。然而，以1993年“陕军东征”为分水岭，长篇小说创作成为中国文坛中独立潮头的存在，衡量一个作家的创作成就及一个时期的文学成果，往往要看长篇小说的收获。中短篇小说的创作和读者关注度减弱，似乎文学作品非鸿篇巨制不足以铭记大时代车轮驶过的隆隆巨响。

进入21世纪，特别是党的十八大以来的新时代，我们乘着光纤体验世界的光速变迁，网络文学全面崛起，读图时代、视频时代甚至元宇宙时代的更迭，令人应接不暇，文学创作无论是体裁还是题材都呈现出一种扇面散播效应，中短篇小说创作也再度呈扇面式生长，精彩纷呈。

为此，我们特编辑了这套“年轮典存丛书”，以点带面地梳理生于不同年代的当代优秀作家的中短篇小说精品，呈现不同代际作家年轮般的生长样态。

我们不无感佩地看到，生于1940年前后的文学前辈，青年时已是文坛旗手，在当下依然保持着丰沛的创作力，他们笔耕不辍，使当代文学大树的根扎得更深。

“50后”一代作家已走过一个甲子，笔力越发苍劲。他们不断返回一代人的成长现场，返回村镇故乡、市井街巷；上承“40后”的宏大命运主题，下接烟火漫卷的无边地气；既广受外国文学的影响，又保有中国古典文学的高蹈气质。

在“60后”这一中坚力量的年轮线上，我们能看到在城乡裂变、传统向现代过渡的进程中，一代人的身份确认、自我实现，以及精神成长的喜悦和焦虑。

“70后”作家因人生经验与改革开放四十年紧密相连而被称为“幸运的一代”和“夹缝中壮大的一代”，也是倍受前辈作家的成就影响而焦虑的一代。如今已与前辈并立潮头，表现不俗。

而作为“网生一代”的“80后”和“90后”，他们的写作得到更多赞誉的同时，也承受了更多挑剔和质疑。但经过岁月淘洗，我们欣喜地看到，曾经的文学小将已在文坛扎扎实实立稳脚跟，相继以立身之作进入而立和不惑之年。

六代作家七十年，接力写下人世间。宏阔进程中的21世纪中国当代文学，正在形成新的文学山峰的山脊线。短经典历久弥新，存文脉山高水长。

目　录
CONTENTS

阑尾刘 · 001

冰雪篱笆 · 014

白杨木鼻子 · 022

生生不已 · 036

术　者 · 099

教授的戒指 · 116

天衣无缝 · 151

梦　坊 · 168

预约死亡 · 188

阑尾刘

“我切过的阑尾，能够装满一马车。”刘坐在昆仑山一块钢蓝色的石头上，对我说。

我从内地军医大学毕业，又在农场锻炼两载，刚分到昆仑山上。听过许多医学教授讲课，开肠破肚的手术也见过不少，但从未见过谁如此大言不惭地谈论人身上这个多余的器官。

昆仑山缺氧。缺氧的感觉类乎酒醉，醺醺然，飘飘欲仙。这时候讲的话，大约不可信。

我看着刘。他面如焦枣。焦枣是完全不够用的，更要憔悴黑紫许多，脸皮不但有横行而且有纵行的皱纹，仿佛一块井田。昆仑山是大手笔，在很短的时间内，把人都雕刻成这个样子。

看在昆仑山的分儿上，我尊重了他。昆仑山有特殊的风俗，不在于你年龄大小、资历深浅，而在于你待在山上时间的长短。你要在昆仑山生活下去，必须要同山有默契。

后来我听人叫他阑尾刘，好像天津的泥人张或是北京的白水羊头李。我想昆仑山上真是没见过世面，但嘴上也得这样叫。

第一次同阑尾刘一道做手术，是在冬天。昆仑山本没有四季可分，只有一个永恒的节气就是大寒。我之所以特别记住了那个日子，是因为手术室里陌生的温暖。

我从未见过如此简陋的手术室，平房、土地，没有无影灯。手指在普通灯光下显出丝绒般的阴影，手术时的感觉像在演盲人摸象。

“这怎么能做手术？又不是打地道战！”我惊呼，严格的医学教育使我本能地拒绝执刀。

“这怎么不能做手术？打起仗来，比这还不如呢！”阑尾刘不屑地说。

红柳根在汽油桶改制的大铁皮炉里汹涌澎湃地燃烧，裸露肌肤的病人居然有了汗意。

我拒绝做手术。如果病人死在手术台上，你可怎么办？我始终认为“下不了台”这句话，不是为演员或是领导干部预备的话，而是一位失败的医生的惨痛教训。

“我来。”阑尾刘说。

他并不是医生，只是手术室的卫生员，负责配合手术和室内的清洁与取暖。

温暖在昆仑山上，是一种美妙的奢侈。平日取暖用焦炭，焦炭是从遥远的平原坐几千公里汽车赶来，身价已同大理石相仿。点火时先用汽油将木柴点燃，待炉膛烘得极热，像下饺子似的将焦炭一枚枚投入，还要留神不要砸伤纤弱的火种。然后盖上炉盖，耐心地等，千万不能看。如果忍不住掀开炉盖看了，就像神话中偷看了仙女妻子的小伙子，你要悔之莫及。阴冷的昆仑风窜进去，柔弱的炭火就窒息了。需要有母鸡孵小鸡的慈爱和无微不至的等待。终于火苗像少女的头发般抖动起来，漾出微薄的暖气，昆仑山上的点火工程宣告胜利竣工。但更多的时候，你感到的是暖气像谣言般的虚无缥缈，一再说服自己，终于忍无可忍，当的一声掀开炉盖，焦炭用它们黝黑而无辜的眼睛注视着你，寻求无法燃烧的责任。

手术室当然不能用这等谋事在人成事在天的取暖法，不能让病人手术成功却冻出一个肺炎。阑尾刘用废汽油桶凿成一个硕大的铁皮炉，宛若欧洲贵族客厅中的摆设。当然阑尾刘不知道这种相似，他只是陇西一个农家子弟。爱美的天性使他在炉门上镶了一朵铁玫瑰花。阑尾刘残忍地寻找着昆仑山仅存的红柳根，把它们丢进铁皮炉，逼迫它们燃烧。当红柳把惨淡经营数百年以至更长时间才积攒的热量贡献出来的时候，铁玫瑰花变得柔软而透明，窸窸窣窣发出昆虫翅膀的声音。

由于我和许多正规医生的不敢主刀，造成了阑尾刘的喧宾夺主。他穿着手术服走出来的时候，我几乎不敢认他。昆仑山使每个人自始至终穿臃肿的冬衣，臃肿便成为身材的正常组成部分。一旦温暖，褪去棉装，穿贴身的素白手术衣裤。阑尾刘潇洒得如同毛虫变蝶，令人愕然。雪白的口罩遮掩了焦枣，只托起一双睫毛很长浑圆的眼睛。这当然没有什么可夸耀，只有祖先生活在风沙颇大又必须坚持长年室外劳作的人，才会有此设备。

阑尾刘的家世很贫穷，他只读过很少的书，在我们这些受过高等教育的医生面前，他读过的书可以忽略不计。

没读过书的人，竟然成为昆仑山上的一把刀，这使我们颇不服气。

他的阑尾手术做得很漂亮。医生们都用漂亮这个词形容手术，仿佛是一位姑娘。

“你知道什么样的人皮最好吗？”阑尾刘问过我。

“当然是白雪公主的了。”我说。

“白雪——公主？”阑尾刘语调空洞地重复，他从未听说过这个人。他家乡的雪和昆仑山的雪都十分暴虐，只能比拟为强盗。他重新问我：“我是指做手术时，哪种人的皮肉最易切开？”他做了一个执笔写字的动作，我知道那支无形的笔相当于一把寒光闪闪的小刀。

我的眼睛见识过很多手术，手下却很有限，对切人皮的感觉，一时语塞。

“那种刚当兵的乡下后生的皮最好切，像脆梨一样，轻轻一划，就唰地裂开。”阑尾刘很陶醉地说。

“那么老兵呢？莫非时间长了，昆仑山上的风把肚皮都吹出茧子？”我揶揄。

“不是。当兵虽苦，吃食却比在家时好多了，又管饱。几年下来，肚皮里就有了薄薄的板油，下刀时便会像沙砾似的粘住刀口，不爽利。”阑尾刘很认真地说。

只有猪的下水才叫板油，在人体应该庄严地称为脂肪。阑尾刘在家时是杀猪的，分到部队的卫生单位，学了极简单的卫生知识。他觉得人同猪实在是没有什么太大的区别，不过是猪的前腿叫作上肢，猪的后臀尖的那块肉，在人可以打针注射药品。他被分到手术室。

没有人愿意在昆仑山上动手术，气都喘不匀再挨上一刀，你也许就会摸到昆仑山冰凉的鼻子。可人们的阑尾经常发炎，这个人类退化的器官对革命意志进行了最后的反叛。

阑尾手术很多。有一天，主刀医生把病人的皮肤切开，血管随之绷断。有一瞬手术术野内很洁净，像雪地上犁出一道尖锐的沟。突然，血从最初的震惊中苏醒，迅猛地喷溅出来，像无数粒红珠子汇集在一起，壕沟被血溢满，凝成一方殷红的小湖。

阑尾刘准确地把手术器械递到医生手中。突然他递过去的钳子没有人接。主刀医生像一座阳光下的雪人，缓缓地然而无可遏制地扑倒在地上。

昆仑山上有许多奇怪的病症，可以为现代医学增添一部辉煌的分册，包括这种突然的晕厥。

人们忙着抢救医生，手术台上躺着肝胆相照的病人。血像不绝的问号，从年轻的肌肤上溅落下来。

如果说唱戏是救场如救火，那么医生是救场如救命。

人们面面相觑。昆仑山极端艰苦，能主刀的医生都派到哨卡去了。

“我来试试。”阑尾刘说。

人们都默不作声。人命是不可以试的。阑尾刘便从他原先站立的位置向前迈动了一步，这一步使他成为主刀医生。

鲜艳的血液提醒人们再不要拖延。这很像战斗中所有的指挥员都牺牲殆尽，站出来一个名不见经传的小伙子，大喝一声：“听我指挥。”人们无可选择。

真不知道阑尾刘是怎样偷学到了所有的手术技巧，也许医学原本就无异于匠人，耳濡目染陈陈相因。总之，手术十分成功，病人后来说，如果他还有一条阑尾，也请刘医生割。

阑尾刘从此专切阑尾，把这一门技艺锤炼得炉火纯青。他把刀口做得极小，针脚缝得极匀，像一个巧手的姑娘送给情人的荷包。

人们慕名而来。许多被他割了阑尾的人为他吹嘘，招徕许多阑尾没发炎的人也来要求手术。

“你们的阑尾完好得如同一条辛勤的蚯蚓，都抢着来割什么！”阑尾刘虽然喜欢这么多人追逐着他，仍旧从医学观点劝阻大家。

“阑尾不是有的用吗？冇的用的东西留它做什么？留着发炎吗？发炎不就晚了吗？”南腔北调的战士们给阑尾刘做思想工作。

轮到阑尾刘冇的话说，他便昼夜兼程地为人们割阑尾，于是便有了阑尾刘最初对我讲的话。

事情的内核其实很辛酸。战士们做了阑尾，身上便算有残疾，复员回家时便可以拿到七十元的健康补助费。再者，回去笃定是要做农民，若是种庄稼时阑尾发了炎，要到县上的医院才割得。盘缠、住院、手术医药费……要花很多钱，哪如在昆仑山上将阑尾割去还能得一笔钱。

阑尾刘的技艺日臻完美，他雄心勃勃地向人体其他区域进展，于是有了代我主刀的举动，可惜他这一次做得并不漂亮。

阑尾刘是一个手术的天才，但他还需要学习。阑尾刘在做手术和挖红柳根的间隙，虚心地向我们求教。他应该去上一所正规的医学院校，但那时所有的学校都被封起，他只有在暗中独自摸索。

我们对他充满忌妒，并不情愿教他。他送上的学费是铁皮炉子和红柳根。每扇炉门上都有一朵铁玫瑰花，当然要比手术室的小。每一坨红柳根的断面上都有数不清的年轮，它们是越来越苍老了。

后勤申部长的阑尾发炎了。

阑尾人人有，但部长的阑尾就像他的话一样，要比一般人贵重。我们讨论得很郑重，以部长的阑尾根部为轴，画了一个类似钟面的图案，设想了 12 种不同的应急措施，一切都万无一失。阑尾刘自然没有资格参加这种会，医生不是铁匠。

白布手术单把部长蒙起来，显得同普通病人一模一样。狭长的手术术野下充满了多皱的肌肤，仿佛祖辈传下的一部羊皮书。

“请问谁给我做手术呀？”白布单子像帐篷一样起伏，病人的声音虽痛苦仍很威严。

“是我。”资历最深的医生恭恭敬敬地回答，若不是他已戴上无檐的手术帽，也许还想行一个军礼。

“为什么不是阑尾刘呢？”部长很惊异地说，伴随着白单子的剧烈起伏。

“这……”老医生一时不知说什么好。说自己的医术高？说阑尾刘没有学历没有职称？说……他最后说：“他太年轻。”

“年轻并不是缺点。既然所有的人都说他阑尾做得好，就让他来给我做。”白单子底下的声音很平和，仿佛在点一道菜或是一段京戏。

躺着的首长依旧是首长。阑尾刘听到这消息，激动得往铁玫瑰花的炉子里添了几大块红柳根，兴冲冲地去换手术衣。

他看着部长苍老的皮肤觉得像自己的父亲。但父亲的皮肤究竟是什么样子，他已记忆不清。他下刀的时候失去了果决与敏捷，刀锋便有了小小的顿挫。

这是一个不漂亮的开头，他的手指轻轻抖动。部长的血汩汩流出来，给了他安慰。部长的血和新兵的血都是一样，镇定回到了他的指尖。

整个手术过程无可挑剔，我们在为他庆幸的同时也滋生怨毒。

部长终归是部长。他开始发烧、腹痛，刀口像一个婴儿痛哭的嘴，迟迟不肯愈合。

医生们开始会诊，提出无数种设想和方案。医学是世界上最模糊的学问，像一个不负责任的游戏，刚开始时让阑尾刘参加，后来就不让他参加。让他动手术就是一个错误，现在这个错误再也不能继续下去了。

我们让阑尾刘回忆，是不是把刀子剪子纱布弯针之类的工具遗忘在部长的肚子里了？阑尾刘矢口否认，觉得这是对他的最大侮辱。所有的器械经过清点一样不缺，但我们找不到原因，阑尾刘就是唯一的原因。

部长被上级派来的专车，接到昆仑山下去治疗。临走时他神志昏迷，但还是说了一句很清晰的话："这种事情再不能出现了。"

阑尾刘给许多战士做过手术，这些人都很正常。阑尾刘只给一位首长做过手术，这位首长就蒙受了大痛苦。

我们为部长的宽宏大量而深深感动，他并没有一句责怪阑尾刘的话。人们对阑尾刘的谴责日见深重。

军医大学开始招生。原来认为阑尾刘是最佳候选人的好心人们，全都矢口否认自己的看法。

再也没有一个人找阑尾刘做手术。一个可怕的传言，被昆仑山呼啸的寒风裹挟着，四处飘扬。说阑尾刘以前割过的阑尾，谁知道真割了没有呢？也许完全是个骗局，把人肚子打开来看一看，又原样缝上了，谁又知道。

若是阑尾真的发了炎，这话自然站不住脚。原来肚子疼，做了手术，肚子不疼了，就是明证。但阑尾刘经常割的是没发炎的阑尾。原来也不疼，割了也不疼，谁也搞不清是怎么回事。

割下来的阑尾应该给病人看一眼，就像女人做了流产，医生常把那血肉模糊的团块给女人看，以验明正身。正规的医生都懂这程序，可惜阑尾刘没在意。加上有些病人自己不爱看，说："又不是牛黄狗宝，怪腌臜人，快扔了吧！"

阑尾刘图快，以后便干脆省了这道工序，现在成了查无凭证的事。

阑尾刘迅速地委顿下去，像一段干枯的红柳根。他依旧把手术室的炉火烧得熊熊，只是不再目不转睛地看我们手术。我们便又动了恻隐之心：那天无论谁给部长做手术，结局都会是那样。医学是神鬼莫测的行当。

我们原谅了阑尾刘，但形形色色被阑尾刘割过阑尾的人，却不肯原谅他。他们怀疑阑尾刘是个骗子，让他们白挨一刀，肚皮上多了一条口子，实际上一无所失。

我们为阑尾刘解释，没有人相信。人们说他根本不会做手术，以前不过是拿病人做试验。

阑尾刘已经没有办法再在昆仑山上待下去了，领导上决定让他复员。

那是一个奇寒的早晨，阑尾刘又穿上素白的手术衣裤，潇洒而精干。

“又有人要手术了？”我问他，心中为他高兴。

“是的。这是我在昆仑山上做的最后一例手术了。”他那浑圆的睫毛很长的眼睛瞪着我，有一份诡谲，一份悲凉。

我冲他点点头。我见过他手术，他的确是极有培养前途的好坯，不过就要回到陇西黄沙弥漫的小村庄。

手术室门窗紧闭，房顶的烟筒冒出袅袅青烟，我知道铁玫瑰花变得淡红而柔软。

时近中午，阑尾刘还没有走出手术室。他操作一向迅速，从未有过如此延宕。我不放心，进门去看。只见他脸色苍白如纸，捂着腹部，对着窗外漫天的飞雪发呆，屋内炉火已熄。

“做完了？”我问。

“做完了。”他答。

“顺利吗？”我问。

“现在还好。”他很谨慎地说。我们同时想到了部长的阑尾。

“病人呢？”我问，因为一直未见人走出。

“在。”他简短地回答。

“在哪儿？”

“在这儿。”他指指自己。

我看着他缠着绷带的腹部，突然有了一个可怕的预感。

“手术者在哪儿？”我追问。

“在这儿。”他又指指自己。

我看到地面上有一幅镜子，其上溅有点点血迹。

“你对着镜子，自己给自己动了手术？”我一字一顿地说，给他以足够的时间反驳，因为这大不可思议，眼前的一切征象又迫我做此结论。

“是。”巨大的体力与智力支出，使他身心交瘁，但这个字还是吐得十分有力。

我只在教授的讲课中得知在极端危险的情况下，医生可以给自己动手术。因为镜面中的一切映象都正好相反，这需要极高的技巧。

“这是真的吗？”我自言自语，不是不想相信，而是不敢相信。

阑尾刘蹒跚走到一侧，端过一个肾形弯盘，其中盛着一条干净完整的阑尾，新鲜得如同刚从地里掘出的小水萝卜。

“你为什么要这样？为什么要这样？”我用力撼动他的肩膀，又猛然松开，“这非常危险，你知道不知道？”

“我知道。我只是要向人们证明，我没有骗他们，没有！我切过的阑尾，能够装满一马车！满满一马车！”他的眼睛因为手术者的喜悦和被手术者的疲倦，闪着莫测的光芒。

“阑尾刘，你不应该走！你会成为一个非常优秀的外科医生！”我握住他的手。很凉，像昆仑山万古不化的寒冰。

“这屋里很冷。”他把手抽出来，“刚才太忙，我实在顾不上往炉中续柴。”

我挑了一坨有一千圈儿年轮的红柳根，投进镶有铁玫瑰花的炉子。炉火熊熊地升腾起来，看不见的热浪流光溢彩，像波动的水幕将我和他分隔而又包绕。

阑尾刘终于走了。他要我为他做一件事，证明他的阑尾确实被割掉了。这样，得到了七十块钱。

听说他用这七十块钱买了一套家什，后来成为家乡一名很有名气的骟猪匠人。

冰 雪 篱 笆

一位男医生对我说："我有一个男病人，说他的妻子是世界上最冰冷的女人，我想请你同她谈谈，不知你能否答应？"我一时没反应过来，开玩笑道："世上最冰冷的女人，大概要数《泰坦尼克号》中的罗丝小姐，那种冰海中的长时间浸泡，冻彻肺腑，真乃人间酷刑。"

男医生说："噢，不是那种体温上的冰冷，是性的冷淡。经过多方面的探讨，我是束手无策了。转介给你，女性之间的对话，可能较为方便。"

我严肃起来："你先说说她丈夫是怎样求诊的。"

医生道："那丈夫说，他和妻子是大学的同学，真是男才女才、男貌女貌啊……"

我忙说："停停。请解释，什么意思？绕口令似的。"

医生道："是啊，当时我也听得一头雾水，要他说得清楚一点儿。那丈夫道：'这是同学们的评价，意思是说我们两个，就是我和我妻子，都很有才华，相貌也同属上乘。古戏中说的是男才女貌，对我们来说，每个人都有才，也每个人都有貌。若我们两个结合起来，双才双貌，色艺俱佳，那就好事占绝，无往而不胜。’”

我忍不住问道：“哦？天下有这样的佳偶，真是难得。依你的眼光看，这做丈夫的说的可确实？”

医生笑笑道：“我知你开始介入情况了，想了解一下这对夫妇对现实状态的感觉，是否在常规之内。是的，常常有这种人，自我感觉太好，对自己的评价和对他人的评价走进了误区，把自己神化，把他人妖魔化。如果来人是这种情况，倒比较简单。我仔细观察了这个男子，天庭饱满，地阁方圆，谈吐有方，很有修养，合乎法度。只是神色忧郁。看来他对现实的把握是正常的。”

我说：“那么，他的妻子，你见了吗？”

医生说：“见了。正因为见了，才更觉糊涂。他的妻子仪容俏丽，是一个优雅智慧的知识女性，能很开放地同我谈论他们夫妻间的性生活不和谐问题，并说双方到医院做了各项检查，所有的指标都显示正常。

“所以，我是没办法了，看你可有什么妙计一安天下。因为我不但从医生的角度，更从一个男人的角度出发，同情理解那个丈夫的苦恼，希望你能和他的妻子开诚布公地谈谈，看是什么症结在阻挠着这位生理上完全正常的女性，无法全身心地爱她的丈夫。”

我说：“试试吧，我也没有很大的把握。”

和那位妻子见面的第一瞬间，我就承认男医生的判断完全正确。这是一位外表看起来无懈可击的正常女性，白领装束，风度翩然。

我说：“从哪里开始谈呢？”

她说：“就从基因开始吧。”（为了称呼的方便，我就叫她茵。）

我说：“为什么从这里开始呢？好像一个生物实验室似的。”

茵笑了，说：“基因几乎就是我和丈夫结合的红娘啊。”

我讶然，问道：“这是怎么回事？”

她说：“您知道，大学是个谈恋爱的好地方，几乎所有杰出还是不怎么杰出的男生女生，都希望在大学的校园里，找到自己的另一半。人们不但自己辛辛苦苦地找着，还用自己的眼光为别人操劳着。在这方面，人可以说是充满了搭配组合的欲望，甚至有一种游戏和测验的味道。议论班上谁和谁最合适，是男宿舍和女宿舍半夜三更时分永久的话题。

“我和我的丈夫，就是在这种氛围内走到一起的。所有的人都说——你们是多么般配的一对啊。

“是的，不是我自夸，我的容貌和智商，都在女人当中属于上乘。我说这一点，没有炫耀的意思，只是实事求是。”

茵说到这里，看着我。我知道需要给她一个回馈，我用力地点点头。不但是出于礼貌，更是出于赞同。

茵接着说下去。

“我的先生也很棒。有个词，众口铄金，意思是群众舆论的力量非常大，我相信这句话。人们都说你们合适，熟悉你的人这样说，刚刚认识不久的人也这样说。你的家人这样说，你的仇人也这样说，你就觉得这件事有点儿神秘，有点儿宿命，甚至有点儿在劫难逃。说的人多了，你就有一种顺从感，并在其中感觉安全，以为这是一桩保险的婚姻。

“后来，我们果真结婚了。刚开始的时候，我们夫妻生活很幸福，那种滋润有流光溢彩的美容效果，是能够反映到皮肤上的。认识我的人都说：‘你越来越俏皮了，什么时候添宝宝啊？你们的孩子，一定结合了双方的优点，又聪明又漂亮……’”

说到这里，茵的目光突然黯淡了。她停顿了片刻，懒懒地说下去。

“生了宝宝之后，有一段时间我忙着照料孩子，丈夫也很体谅我，夫妻生活那方面很少要求。后来，请了保姆，孩子有人照料，另居一室。当我们有机会开心地鸳梦重温时，我才突然发现，我所有的兴趣都丧失殆尽，整个人如同枯木死灰。这不是心理上的原因，我爱我的丈夫，我希望他快乐幸福，但是，我的身体不听我的指挥，它抗拒厌恶这种活动，像石块一样毫无反应。当时我想，可能是生育的变化，强烈地改变了我的机能，随着时间的推移，就会慢慢恢复。我把这个感受同我丈夫讲了，他通情达理，很理解我，愿意等待我复原。我们就这样等着，试着……但是，至今已经整整七年了，女儿已经从襁褓走进了小学，但我和丈夫的夫妻生活没有丝毫好转。我已尽了所有的力量，可是身体不是电脑，它不听你的命令，顽强地抵抗着。我身不由己，非常痛苦……"

茵讲到这里，停下来，眼巴巴地看着我，希望我能给出一条秘诀。

我看着她，心想：看来，他们夫妻感情上很恩爱，生理上也经过反复测查，排除了器质性疾患，症结究竟在哪里呢？

突然，一个有关时间的概念强烈地提示了我——"生了宝宝之后"。

我说："生了宝宝之后，发生了什么事情呢？"

我在心中飞快地假设了多种可能性，没想到茵回答我说："没发生任何事情。当然，有了宝宝，时间比以前紧张，身体操劳了，但是，这都不是决定的因素。你可以看出来，我的身体很好。"

是的，我看得出来，她营养状态不错，既不臃肿也不细弱，正是少妇生机勃勃的年华。

我的直觉让我坚持"时间"这个变量。总觉得在这个时段，发生了什么。她的否认，让我感到按照通常的逻辑，似乎不能解释。我细细地回忆着她说过的每一个字，猛然，我想到了对话时，她那个少见的开头——基因。

我说：“你相信基因吗？”

她苦笑了一下说：“又信又不信。”

我追问：“此话怎讲？”

她说：“信，是因为那是科学，中国外国的报纸都在讲，龙生龙凤生凤，你不信行吗？要说不信，嗐……我和丈夫的基因都不错……算了，算了，不谈了。”她万分沮丧地低下了头。

我感到自己正在接近那个谜团的核心。虽然追问下去看起来是一种残忍，但也许正是要害所在。我说：“我看你一下子变得垂头丧气的，能否告诉我，这和基因有什么关联吗？”

她痛苦地低下了头。由于她的头低得很深，我无法知道她的面部表情。当她再次抬起头，我才看到满脸滂沱泪水。

我说：“看到你非常难过，我也很不好受。能告诉我，你想到了什么？”

她吃力地说：“不是想到，是看到……第一次看到的时候，我几乎昏了过去。”

说着，她从自己精巧的手提包夹层里，掏出一张照片，递给我。

我看到了一个女孩儿。扁扁头，肿眼泡，塌鼻子，瘪嘴巴，稀疏的头发……天啊，几乎所有女孩子长相上的忌讳，这小姑娘都犯全了。

“这是……”我迟疑着没敢把话说完整。

“是的，这是我的女儿。这就是基因的故事。我和我丈夫的基因都那么卓越，可是组合在一起，怎么就成了这个样子？我恨这种男女结合，它是一种魔鬼的戏法。它能把优秀化成腐朽，它要弄人，它把一种灾难，一种命运的不可知性强加给我，它让我一看到这个孩子，就对性的活动产生了强烈的憎恶感。它是蛇蝎出没的烂泥潭，给你片刻的欢愉，然后是无尽的恐怖和烦恼，直到你沉没了，它却若无其事地站在一旁冷笑。它把瞬间的事情，化成严酷的绵延的后果。把无尽的灾难留给那对无辜的男女，留给那对男女的天真孩子……所以，我要反抗它。我要禁绝它对我的再一次迫害。我用冰雪修建篱笆，严丝合缝，它休想钻入。我以所有的力量抵御它的诱惑，我不能承受当我第一次看到这个孩子的丑陋容貌时，所遭受的惨痛的挫败，那一刻，我是世界上最绝望的母亲……”

我忙插入说：“不好意思打断一下，你对女儿怎样？”

在这一刻，我真的非常关切那位让母亲大失所望的女儿。

“还好，因为我知道这不是她的过错，我不该恨她。要说恨，该恨的是我，是她的父亲，是我和丈夫的这种结合，是制造过程。”茵说完紧紧咬着嘴唇。

谈到这里，真相大白了。这位母亲，因为无法接受女儿的容貌，追本溯源，她认为是性的活动导致了男女双方基因的重组，她就在潜意识里抵制夫妻间的性生活。用自己的推理，堆积成一座冰山，把自己冷冻成了“罗丝”。

我说：“生命的诞生的确是一个非常复杂的过程，显性遗传、隐性遗传，还有许许多多人类无法破解的题目。基因是无罪的，夫妻间的性生活是无罪的，你的女儿也是无罪的。况且，一个人的先天相貌和他后天的发展，也没有完全必然的关系。你的冷漠，归根结底，来源于一种不合理的期望的破灭。你希望有一个美轮美奂的孩子，这可以理解，却不能把它当成百分百的真实。一旦达不到理想，你就把愤怒投射到了夫妻生活。”

茵看着我，若有所思的样子。久久，喃喃地说：“噢噢，原来是这样啊。其实，有了现代的避孕工具，悲剧就不会重演。再说，基因的组合，也是人类无法控制的概率……”

我欣喜地看着她，知道冰雪已渐渐消融。

白杨木鼻子

我是一位外科医生，做过的手术不计其数。单是给病人切除的胃，就是俗称为“心口”的那个东西，足够装满一马车。给我印象最深刻的病例，是一个女人。正确地讲，是那个女人的鼻子。

那时候我刚从医学院毕业，潇洒而热情。眼睛除了观察教授的操作，还关照漂亮的女护士。

“小伙子，我想从教你怎样戴工作帽开始，指导你成为一名出色的医生。”教授的目光像双筒显微镜，无遮拦地瞄准我工作帽边探出的那缕黑发。

我的帽子略微有点儿歪斜，像一个快乐的水兵。教授残酷地剥夺了我的潇洒，从此不得不经典地把帽檐压得很低，以至于使人怀疑我还有没有眉毛。

一天深夜我值班，楼道里突然响起急骤的跑步声。

医院里是不可以随便跑的，尤其是深夜。

只有一个例外，那就是有了极危重的病人。

急诊室里坐着一对男女。女人戴着大口罩，面目表情不清，端然坐着，双手顺在夹紧的两膝之中，脚尖恭顺地并在一处。那男人干瘪瘦削，眉头紧锁，嘴角翕动，两眼通红，像条被刮掉鳞的金鱼。

我的临床经验尚不十分丰富，一时竟分辨不出谁是病人。

“你……怎么了？”我朝他们俩发问。

女人石像似的不动，男人小心翼翼地去解女人的口罩，动作极轻柔。

我终于发觉了一点儿怪异：那口罩样式古怪，过于平坦……不……不是口罩的问题，口罩很正常，而是……

口罩终于解下来了。我于是犯了一个医生的大忌，不由自主地惊叫了一声：

“啊！”

口罩下是一个巨大的黑洞，向外冒着腾腾的白气，深不可测。

我竭力镇静住自己，才想起那被黑洞霸占了的地方，原来是长鼻子的部位。

没有鼻子的人面，是一种陌生的东西。平铺直叙到难以容忍。眼睛没有来由地同嘴靠得很近，两颊不可遏制地向黑洞滑去，只有失去血色的上唇，还像破败的灰墙阻击在黑洞的边缘。

它甚至不如骷髅好看，骷髅骨质洁白，简练和谐。眼眶、鼻准、口颊均为结构对称的洞穴，通畅练达，自成风格。

“这是用什么东西……搞的？”

我急切地想搞清凶器的性质。本想用“剜”或是“削”那种字眼儿，怕太刺激病人和她的家属，才临时调换为词意模糊的“搞”。（护士在一旁紧张地登记，我已知道女人叫小茶，男人是她的丈夫老姜。）

“用刨刃，剃的。推木头的那种。”老姜用目光抚摩着创口，那里边缘清秀。想象得出凶器一定薄利如风。他回答得很清楚，用词也准确。

“是谁干的？”我怒火中烧，义愤填膺。这罪行太野蛮太凶残了。

不知何时，教授到了。他毫不客气地打断了我的问话：“要记住我们是医生，而不是法官。医生最重要的职责是挽救生命，修补人体。至于其他的事，自有其他的人去管。”

是的。我应该首先处理病人，可我不知道该干什么。我是个优等学生，可没有任何一本教科书上写过鼻子被刨刃剃掉的病人该如何处置。也许我应该去读法医系，现在只有机械地服从教授的安排。

常规冲洗消毒，就像处理一颗虫牙被拔掉后的窟窿。小茶的脸庞在冰冷的消毒液下凝然不动，波光粼粼带有樟脑气味的液体，轻柔地在凝脂般细腻的皮肤上漫过，使这张一马平川的人面，像收藏已久横遭破坏的蜡制品。

平心而论，只要躲开脸中部那个巨大的三角形洞穴，小茶的脸还是很美丽的。眼睛像黑杏仁一样，反射出无影灯众多的光斑，如没有月亮的晴朗的星空。嘴有一个极精美的轮廓，像一颗饱满的花生米。

我不禁升起好奇：原来属于这张美妙绝伦脸庞的鼻子，是什么样子的呢？

这种时候想这种问题，似乎有点儿不伦不类。病人家属在一旁长吁短叹，我动作幅度稍大，小茶尚未反应，老姜就吸开凉气了。

“痛吗？”我问小茶。对这永远失去亲生鼻子的年轻女人，颇多恻隐，生恐自己弄痛了她。

“一点儿也不痛。那刨刀是新磨的，很利。嗖的一下，凉凉快快，像雨后的风。”

声音是从嘴和黑洞中一齐发出的，单调、刺耳、尖锐。没有鼻腔共鸣的声音，类似秋蝉或毒蛇的嘶鸣。

我感到沁人心脾的恐惧。不单因为这怪异的声音，更因为小茶脸上那似笑非笑的表情，她好像并不感到痛苦，甚或还有几分自豪。

伤口处理已毕。只要鼻腔切割根部不感染，生命便无妨。作为外科医生的职责，已告一段落。至于以后的事，那是整容医生的范畴。

看来，可以结束了。我用眼睛请示教授，发现他正在观察老姜的手。老姜的手虎口处生着厚厚的茧子，简直像那里多长了一块骨头。只有长年握持某种工具的匠人，才会这样积重难返。

“看来，咱俩是同行喽。”教授对老姜说，老姜正充满怜爱地看着小茶，被这突然的问话吓了一跳，几乎是本能地点点头，又立即摇头。

“我哪能跟你比呢？您是修理人的，我是修理木头的。”

“你是个木匠？这么说，这件事就是你干的了？”教授压得很低的白帽子耸起一道粗重的棱。我知道，白布遮掩下的眉毛皱缩起来。

我想教授一定是被这张没有鼻子的女人脸唬得思维混乱。老姜一定得捶胸顿足，因为不仅不可思议，而且近乎诬陷。退一万步讲，即便真系他所为，也断乎不会承认。

不想，我错得一败涂地。老姜很痛快地回答：“是我。”

也许我惊愕之色过于外露，老姜受了委屈，指着小茶：“你叫她说！是不是我？”

“是哩是哩。你别看他这个样子，真是个好木匠，刨刃磨得最快。冬天若吃涮锅子，让他给刨羊肉片，薄得能透过书上的字。”

小茶的声音像急刹车时轮子与水泥路面的尖啸。

这一对男女！吃他们的涮羊肉，只怕自己的鼻子也会掉进火锅。

教授深长地叹了一口气："你们之间发生过什么事，我没有兴趣。我只想问一下，用刨刃刨下的那个东西，还在吗？"他的眼内充满天真的渴望，像一个企盼压岁钱的孩子。

"在，在。"老姜忙不迭地回答，回头白了他年轻但已经不美丽的妻子一眼："我说拿上，你说没用了。怎么样，还是我想得周到吧！"声音中流露出抑制不住的骄傲。

事情愈发令人瞠目结舌。老姜掏出一个很干净的手绢包，窝在手心，一层层打开，于是我看见一条鼻梁骨朝下的完整的人鼻子。

教授不动声色地翻看着，像在鉴别这条鼻子的真伪。我猜他也感到好奇。没有谁在这个角度观察过人人都有的鼻子。司空见惯的东西，仅仅换一个方位。就变得令人惊诧不已。它玲珑剔透，曲线优雅，就像一件小型乐器。

我们都围过来观看小茶的鼻子，包括她本人。

"我打算把它栽上去。"教授征询地望着我。

人有时候问询别人，并不是为了得到答案，只是要坚定信念。

这是一个玄妙而充满风险的主意。如果栽上去的鼻子感染，不但得像未成活的枯树一样拔出来，而且性命难保。

"没有鼻子，除了影响美观，妨碍并不太大。"我委婉地表示自己的意见。五官之中，除了耳郭，就数鼻子没用了。

“可人是一个整体，人应该是完美的……”教授注视着黑洞说。

“您老若是能给她把鼻子再接上去，我给您老打雕花的五斗柜……”老姜虔诚地央告，一眼瞥见我这个反对派，“给您也打一个……”

只有小茶没说话，仿佛这事与她毫无关系。

“准备器械。”教授简洁地对我下达命令，口气不容置疑。

我们通宵达旦地手术，细节我已记忆不清。我非常想看看那块使我们耗费了如此巨大精力的刨刃，究竟是怎样狞厉而刻薄。一个愚蠢木匠的举手之劳，害得我们付出百倍千倍的时间与汗水。教授的技术精巧娴熟，我想任何一个伟大的雕塑家都要甘拜下风。他面对的材料是模糊的血肉，他把所有的血管神经都接洽得天衣无缝。老姜在电光石火般一瞬中的破坏，终于被教授（当然也包括我）惨淡经营地修补起来。现在，只剩下最后一道工序了——将薄薄的表皮缝合到脸模上。我们碰到了几乎不可逾越的障碍，没有适宜的缝合线。小茶的皮肤极细腻洁白，所有的丝线都嫌太黑太粗。

“就这样吧。鼻子能长上去就很不错了，没有人挑剔黑和白。”我的白色手术服下扭动着僵硬如铁的腰颈，长时间俯身操作，即使在无影灯下，我看所有的线条也都成为重影。助手如此，担任主刀的教授，其疲累可想而知。

“如果是这样，她的鼻翼周围会遗有一圈儿密集的雀斑……不！只差这最后一层，我要完美……尽量完美……”教授喃喃自语。

他摘下自己压得很低的白帽子，露出光洁如月的秃顶，四周还残存着几根银丝般的白发。教授叉开五指，梳理他的白发，平均每个指缝不到一根，他很心痛地迟疑了一下，然后猛地一用劲，把白发拔下来，泡进消毒液。

现在，教授的头颅是大一统了，光可鉴人，显露出巨大的前额和高耸的枕部。在这两块隆起的头骨之下，是人类智慧最密集的脑叶。

泡在消毒液中的白发，蜿蜒伸展，像一条条闪光的小路。

小茶的鼻子被教授的白发，固定在她自己的脸上了。浑然一体，宛若天成。

任何天然的东西，终免不了瑕疵。小茶的鼻端有一粒小痣，其状如一只小小的蚊虫。教授为她做了修正。小茶的鼻子，现在堪称人世间最杰出的鼻子了，造化之灵加鬼斧神工，精妙绝伦，无以复加。

我天天去看小茶的鼻子。它高贵优雅，像浮出海面的一段象牙，闪着晶莹的光润。经过它共鸣过的小茶的声音，柔美动听。

小茶自然很高兴，时常把手掌挡在面前，无端地微笑。只有我知道，她手心里有一片小小的镜子。有时也会把镜片胡乱扔到松软的床上，显出莫名的忧郁。

认识小茶的人，都说她比以前更漂亮了。老姜的态度却令人莫名其妙起来。他非但不再提起雕花的五斗柜（当然我和教授都不会接受这种馈赠，但收不收同给不给是两个范畴），而且双眼不时露出凶狠的敌意。对小茶倒是很好，因为鼻子做手术，嘴的活动大受影响，老姜就给小茶包极小的饺子喂给她吃。饺子只有拇指盖大小，令人想到他做木匠的手艺也一定精良。

这真是一对古怪的男女，我开始打听他们的身世。如果教授知道，一定会斥责我。他是只认病不认人的。我还没有老练到他那种程度，对病和对人同样感兴趣，更不用说拥有这样一只美丽鼻子的漂亮女人了。

事情简单到令人遗憾。好汉没好妻，赖汉娶仙女，年轻貌美的小茶嫁给了丑陋的老姜。姜木匠夜以继日地为人打家具，为小茶添置许多衣物，小茶却不愿为老姜添一个孩子。终于有一天，当老姜手提斧锯外出而归的时候，看到一个高大俊俏的小伙子，正在吻小茶鼻端上的那颗痣，于是……

这故事远没有书本上、舞台上缠绵悱恻，但因为活生生发生在眼前，我还是很关切它的结尾。

“为什么单要剃鼻子？在脸上划几刀不是也可以吗？”有人问木匠。

我觉得这问话很卑鄙。小茶那张美妙绝伦的脸庞，若是被乱刀划破，纵是教授再巧夺天工，恐怕也难以完璧归赵，这不是唯恐天下不乱嘛！

“没有鼻子的女人，比老母猪还要丑。别人不要，我不嫌。家中就太平了。”姜木匠很憨厚地答道。

教授对这一切都不知晓，每天只是很认真地观察鼻子，好像那是他植下的一株珍稀植物。鼻子很争气，长得结实挺拔，欣欣向荣。我想把小茶的病历整理成资料，投往医学杂志发表。这是外科史上一例罕见的鼻子再植成功病例。

教授摆摆手：“不忙，再看一段时间。医学追求完美，更追求长久，不是急功近利的事情。”

鼻子也像家用电器，有保修期吗？我悻悻然，又不得不服从。

小茶出院了，用极清亮极柔美的声音同我们说：“再见。”想起她入院时那毒蛇般的嘶鸣，你会觉得鼻子对于音色比对于美观要重要百倍。

老姜什么也没有说，头也不回地走在前面，好像怕小茶找不到回家的路。

小茶没有再来，连例行的追踪复查也没有来。有人说她的鼻子长得很好，同老姜也过得可以，只是还没有孩子。

我再次想把这病例报道出去，教授依旧不慌不忙：“要注意远期效果。我们一定要亲眼看一看病人的恢复情况，而不要匆忙下结论。”

随时留有充分的余地，也许是成熟医生和实习医生最大的区别。

看来只有哪天到小茶家去一趟了。我一定要看看刨刃，用手指试一下它的锋利程度。

这件事一直拖延着，教授很忙。

一天深夜我值班，楼道里突然响起急骤的跑步声。

医院里是不可以随便跑的，尤其是深夜。

只有一个例外，那就是有了极危重的病人。

急诊室里坐着一对男女。女人戴着大口罩，面目表情不清，端然坐着，双手顺在夹紧的两膝之中，脚尖恭顺地并在一处。那男人干瘪瘦削，眉头紧皱，嘴角翕动，两眼通红，像条被刮掉鳞的金鱼。

是小茶和老姜。

老姜很熟练地解开口罩。

我已经是见过一些世面的医生了，终于没让什么声音从嘴里发出来。

口罩下又是一个巨大的黑洞！

一切的一切，都依旧。只是黑洞四周有线团样的白丝，随着呼出的气流，旗幡似的拂动。那是教授充作缝线的白发，依然晶莹雪亮，结实柔韧。

“还是用的那个东西吗？”我克制住心中的厌恶、恐惧和愤怒，不愿说出那凶器的名称，尽量平稳地问。

“是。还是上回用过的那种，我觉着挺好使。”老姜恭敬地回答我。知道医生需要了解详情，便努力周全。

小茶什么也没说，像凝固的蜡像。

我点点头，不再询问别的。现在的首要问题是救治病人。

教授到了。我明显地看出他踉跄了一下，然后倚靠在一旁，看我清洗伤口。

小茶的脸庞在冰冷的消毒液下凝然不动，波光粼粼带有樟脑气味的液体，轻柔地在凝脂般细腻的皮肤上漫过。老姜像自身受酷刑一般长吁短叹，每当我手势略重，他便不满地重重斜视我一眼。

伤口处理完毕，一切本该就这么结束了。教授突然按住我的手，犹豫不决地对老姜说：“那个……我说的是那个……还在吗？”

我从未见过学问精深德高望重的教授这般畏葸不前。他面色苍白，目光焦灼，双手微微发抖，急不可待又惊惶不安。

“带着哩，带着哩。”老姜显出先见之明的得意之色，从一块油污的纸里，摸出一团东西，伸到教授面前。

于是我看见了小茶那条光洁如玉的鼻子——只是它现在类似一个柿饼。也许叫肉饼更恰如其分，血肉模糊、狼藉一片。两个鼻孔蛮不讲理地重叠在一起，像火车失事后的钢轨。唯有教授白发的残根，依旧闪亮如银。头发是最不容易被吸收的物质，人体可以腐烂，头发却依然长存。

“这是什么？”教授茫然地扫视四周，希冀什么人能给他一个回答。他真的不认识这团椭圆形污浊的物体。

“鼻子呀。小茶的鼻子。不信，您问小茶。”老姜耐心地解释，并找出证人。

“那是我的鼻子。”

声音从嘴和黑洞中一齐发出，单调、刺耳、尖锐，却没有悲伤。

“它怎么成了这个样子？这个样子？！”教授咆哮起来。全然不顾医学专家温文尔雅的风度和对面墙上斗大的“静”字。

这问题原是不必回答也不能回答的。可惜老姜是很实诚的人，原原本本答道：“是用脚踩的。我用脚后跟在地上蹍着踩了一圈儿。”

这方法的确很地道。它使鼻子的所有细微结构消失在肉酱之中，任何高超的技艺都将望洋兴叹。

“很好！好极了！”教授的白眉毛从帽子里探针般地刺了出来，根根倒立：“那你还把这东西拿来给我看什么？！你可以拿它去喂猪，当肥料，扔到粪堆里！可你偏要给我看！我不看！我不认识这东西……永远……不看……”教授的话，开始时气壮如牛，其后却迅速委顿下去，像行将熄灭的蜡烛，尾声竟带出了呜咽。

老姜愣了片刻，嘴角像被绳扯着，慢慢裂了开来，不知是哭还是笑。

在救治小茶的同时，我不得不同时对教授实施急救。他的心脏在顷刻间衰老，微弱得几乎听不见跳动。

“看来，你的鼻子只能这样了。”面对小茶脸上那个简洁的黑洞，我爱莫能助，用残存的恻隐之心说。

“这样也好。早这样，早好了。”小茶的声音高细单调。

小茶第二次出院了，这一次没有说“再见”。她戴着上下都很平坦的大口罩，远看像是糊了一块白纸。

后来，听说她给姜木匠生了一个儿子。再后来，听说她依旧戴着口罩，口罩布很白，天天都换洗。口罩也不再那样扁平，丰满地膨隆起来，一如其下有个周正挺拔的端正鼻子。那是老姜给小茶做的，用最白最细的白杨木。春天叶子绿了的时候，走过小茶身边的人，会闻到白杨树的清香。

“可是那白杨木的鼻子，是怎样安到脸上去的呢？”有人问木匠。

“用胶。粘柜橱拉手的那种。”姜木匠并不保守，很和气地告诉别人。

我于是想到我们用过的缝合线，觉得很不聪明。教授绝口不提这件事了，好像它从未发生过。我却始终存有淡淡的遗憾，它是一次那样成功的手术，却永远无法报告了。

生 生 不 已

厄运就蕴藏在那块鸽血红的酱豆腐里。

在那块酱豆腐之前，乔先竹一直以为女儿姜小甜是个能吃能睡的好孩子。

悲哀是从中午12点15分降临的。乔先竹清晰地记得那个时刻，好像那是原子弹爆炸的时间。

12点钟下班，1点钟上班，中午只有一个小时的午休时间。工人是没有资格睡午觉的，那是有身份的人的事。乔先竹要骑车赶回家去给上学的女儿做饭。

说是做饭，其实刨了路上的时间，所余的工夫就很有限了。手笨的女人做不出来，只够把早上的剩饭热热给孩子吃。不过乔先竹手巧。

12点整的时候，工厂的大铁门像个忧郁的老人，难得地咧开嘴一笑。女工们倚着铁栅栏冲了出来，好像越狱一般。从现在开始，每一分钟都是自己的。

当男工们最后一颗米粒滑过粗粝的喉结，准备打牌时，乔先竹正骑到了一家小杂货店的门前。

她该一股脑儿地骑过去，那样一切都不会发生。可是她今天骑得格外快，比平日到家的时间要早，就有足够的闲情逸致打量了周围的景色。

正是春天，小镇像一匹肮脏而又生机盎然的毛驴，到处都飘浮着令人想打喷嚏的气味。

千不该万不该，乔先竹不该瞄了一眼杂货店门前的小黑板。

小黑板实际是扯下来的一块多边形三合板，又抹了层墨汁。上面歪歪斜斜地写着：新到臭豆腐、酱豆腐。结尾是三个炸弹似的大惊叹号。

粉笔字的色彩很鲜艳，石灰颗粒毛茸茸地沾在粗糙的木纹上。

乔先竹下了车，没上锁就进了小店，她的车很破烂，而且她马上就会出来。

小店里很黑，刚进来的人看不清，早潜进的人则洞若观火。“买什么呀？”有人问，声音喑哑得如同被人踩裂了的老竹子。卖货的本是一个爽脆的小姑娘。

一位老女人的轮廓从酱油瓶子的背景上凸了出来，是邻居司徒大妈。乔先竹不想碰上她，老太太的车轱辘话，会耽误了孩子的饭。

“给小甜买块酱豆腐，就疙瘩汤吃。”乔先竹说着，把破书包里的饭盒掏了出来。饭盒盖剐着了书包带上缠着的旧玻璃丝，翘起了一个角，一股白汽像狐仙似的冒了出来，灼痛了她的手。

厂子里中午管蒸饭，工人们就蒸一大盒子，留着晚上回家再吃，给自家省点儿薪火。

乔先竹故意不看司徒大妈。一交换眼神，老太太的话就更没边没沿了。敢情她退休了，巴不得有人跟她聊天。乔先竹得让孩子一回到家就能看到香喷喷的一大锅疙瘩汤。

她对给司徒大妈包完了碱面的售货员说：“我先看看颜色红不红。不新鲜我可不要。”

“新鲜！像鸽子血那么红！姑娘，给我们拣两块卧在下头的。”司徒大妈一点儿都不计较乔先竹的怠慢，像吩咐自家闺女一般，指挥售货员。

小姑娘想不买账，又一想好歹也算个主顾，就先不忙着招呼刚进来的那位上了年纪的男人，把酱豆腐坛子揭了盖。

一股好闻的酱菜味儿涌进鼻子。乔先竹吹了吹手指，饭盒盖烫着了她。事情到了这会儿，不管酱豆腐是不是鸽血红，她都得买了。

“先买一块吧。现吃现买好。”乔先竹说，然后盘算着怎么用手托着饭盒盖骑车回家。

“多来点儿汤。”司徒大妈很权威地指示着。

“呦！就一块酱豆腐还想多要汤！都这么着，我这酱菜坛子还不得成了上甘岭。您就将就点儿吧。”小姑娘麻利地把一块酱豆腐夹到了乔先竹的饭盒盖上。

“那就再来两块吧。”乔先竹说。一是她看着酱豆腐不黑不燥，二是她不愿司徒大妈为了自己受这番抢白。

“别呀！吃多少买多少，要不，皱了。”司徒大妈设身处地地说。

“我家小甜可能吃了。要是敞开来吃，一顿能吃两块酱豆腐。”

“呦！那还不得变了蝙蝠。”司徒大妈吃惊得假牙差点儿没掉下来。

“老鼠吃多了盐，才变蝙蝠呢。”乔先竹不高兴了。

“嗐！我也是老糊涂了。可小甜一个女孩儿家，怎么就能吃那么咸的东西呢？不咳嗽哟？不上火哟？”司徒大妈把昏花的老眼睁得很大。她越老越爱表现惊奇。

“可她一顿还喝一大锅疙瘩汤呢。”乔先竹一面为小甜辩解着，一面也觉得这确实是个怪事。

“喝多少？一大锅？你们家的那口双耳大铁锅？”司徒大妈在街道管点儿事，家家根底她像克格勃一样清楚。

“是啊，我们家就那么一口锅。”乔先竹不知为什么，心里有些发慌。

“你中午就那么屁大点儿的时间，哪做得出恁大一锅汤！”司徒大妈见多识广地不相信。

“两大暖瓶开水都是早上现烧的，到了晌午没有一百度也有九十度，下锅就开。舀一勺子猪油香香嘴，择两把菜叶子丢下水。这边就紧着攥一双筷子搅疙瘩，稀稠也顾不得调了，拨拉进锅就是了。八九岁的孩子不知道个好赖，啥也不挑。小甜刚到家我就得走，等晚上我回家来，锅像被小巴狗舔了一样净。”

时间已经不够耽误的了，可乔先竹还想说点儿什么。

“这么吃，小甜可得胖。”司徒大妈很严肃地说。

“不胖啊。还一个劲儿地掉秤呢！”

“多给吃点儿好的。正是长个儿的时候，光给喝疙瘩汤可怎么行呢？吃肉！吃鱼！吃……”司徒大妈瘪瘪嘴。

“小甜不吃。只是喝汤喝水……”

“那还不得水肿？”

“倒还不错，都尿出去了。上课的时候，老是举手说上厕所。说撒尿老师就不让去了，你课间休息的时间干什么去了？就得说是拉屎。她还为此得了一个外号叫作‘屎包子’。前几天领着她上公园，公共汽车上就说要上厕所，她爸爸说：‘这得忍着。马上就到了，就到了。’小甜刚开始还听说，后来小脸憋得通红，绞着腿说：‘我就要尿裤子了。’没法子，只有马上下车，后来重新上车，另买一回票。尿完了，就又要喝。见了卖茶水的就走不动步了，就是那种一毛钱一杯的摊。她说渴，我给她一块钱，说喝完了，再买根冰棍吃。她又蹦又跳地走了。一会儿回来了。我说：‘冰棍这么快就吃完了，留神拉肚子。’她说：‘根本就没买冰棍，全喝了水了。’我就去找卖水的老头儿，说：‘你们可不能欺负小孩儿。’那老头儿正往杯子里续水，说：‘不定是谁欺负谁呢！从来就没有看见过这么能喝的孩子，把我这一溜杯子里的凉白开都喝完了，我没有找你们多要钱，就不错了……’”

那个后来的男人在暗影里走动起来。

“哎！我说你们到底是还要几块酱豆腐啊？”小姑娘叫起来。她怕那个男顾客走了。

“还要……”

没等乔先竹说完，那个苍老的男人打断了她的话，“您说的可都是真的？”他目光如炬地问。

乔先竹吓了一跳，她一直背对着门，不知道这个人是什么时间进来的。

“实话。肯定是实话！他们两口子那可是老实人！”司徒大妈忙不迭地为乔先竹一家做证。

“这种情况有多长时间了？”男人问。

“哪种情况？”乔先竹莫名其妙。在弥漫着酱气的紫色的暗淡中，那男人的牙齿白得像一道闪电。

“就是你的女儿，好像是叫小天……”

“不是小天，是小甜。”乔先竹不能容忍把女儿的名字念错。

“这并不重要。就算是叫小甜吧。”男人不耐烦地挥挥手。

“这有什么呢？小孩子正长个儿，能吃能喝，将来保准是个大个儿。女孩子太高了也不好，不易找对象。男孩儿总得比女孩儿高吧？”乔先竹不喜欢这个严峻的男人，可她非得跟他说这些话。她觉得有一种危险正从那个男人的花白头发上飞翔过来。

“我问你的是时间。”那个男人严厉地重复。

“好像有两个月的工夫了吧？不对，有小半年了吧？”乔先竹求援地看了看司徒大妈，明知老太太什么也不明白。

她突然生起自己的气来了。他是什么人？凭什么拦住自己，在这里没完没了地盘问人？疙瘩汤快做不成了！为什么要跟他啰唆！乔先竹转身要走。

“我是医生。你的孩子得了病，很重。你可以到这儿来找我。”苍老的男人告诉乔先竹一家医院的地址，这在附近要算条件最好的了。

“尽快带她来。我姓袁。”男人说。

那块鸽血红的酱豆腐砸在地上。

“他瞎说！没事找事！吃饱了撑的！”老姜说。

乔先竹是在家属区以外的路上拦住丈夫的。小甜已经回家了，饿得不行，妈妈就让她先吃了。乔先竹隐忍了一个下午，迫不及待地把一切告诉老姜。不能在家里说，小甜什么都懂了。

“谁？”乔先竹一时没回过味儿来。

“就是那个姓袁的大夫。我最看不惯那些穿白大褂的，恨不得把所有的人都打成病号，这样就显出他们的能耐来了。他说你有病，你就真的开始喘了？没那个！甭信邪！”老姜刚下班，汗里都是机油味儿，肚子饿得像一个空牛皮纸口袋，吃不上饭，先被塞进一个坏消息，他本能地把它吐出来。

乔先竹安心了。开始恨那个搅得她一下午都不得安宁的袁老头儿。

夫妻俩高高兴兴携手回家。

这是工厂的宿舍区，以前是工厂的旧厂房，屋顶是斜坡的“人”字形。现如今住了人，怕一家一户的太宽敞了，就在“人”字的正中打了一堵墙，成了“个”字，能填进加倍的人。

姜家就住在最深处的半个“个”字里。

两人突然停了步，就像被人用铜锤掼了顶。

在幽深的“个”字前头，有一个公用的水龙头。一个孩子正仰头含着水管吞咽。口角溢出的水，灌满了耳朵眼儿，又无声无息地涌进脖领子，小褂子的前后襟都洇透了。

“为啥喝生水！”老姜大喝一声。

那像青葱一样细溜溜的孩子吓得一闭嘴，水流溅得满脸开花，几缕软稀的额发像京戏青衣的头饰，苦难地贴在眼角。

“我渴。”女孩儿说。她就是小甜。

“我给你晾了开水呀。”乔先竹心疼地说。

“喝了，不够。”

“那咱家也有水管子，干吗非跑这么远，来喝这一口凉水呢！”乔先竹把孩子揽在怀里。

“我喝得多，给家里省点儿水费。”小甜伸出猫似的舌头，把嘴边汗毛上的水珠舔进嗓子眼儿。

老姜阴沉地看着她们，什么也没有说。

“妈妈，我饿！”小甜说。

“为什么不给她做饭？”老姜恶狠狠看着精光的双耳铁锅，咆哮道。

“妈妈做了，是我吃完了，把锅又涮净了。”小甜忙着为妈妈择清。

乔先竹知道袁大夫说的是真的了。

老姜走过去，粗暴地扯过女儿，一寸寸地在她的身上摁，好像女孩儿是一个瘪了的乒乓球。

“疼吗？疼吗？”他不停地问。

“不疼。”小甜说，她已经感觉到脑仁里有一团像蚯蚓似的难受，可是她不说。爸爸妈妈这会儿的脸色都不好，别给他们添乱了。

“都不疼，你没完没了地吃呀喝呀的，成心给老子添堵啊？”没想到爸爸更恼怒了。

也许她应该告诉他们说自己好累好累，那样爸爸就不会这样生气了。小甜想。

“以后不许你再说渴再说饿！听见了没有？”

“听见了！”小甜转身就跑。

“干什么去？”老姜愈发怒火冲天。

“上便所去，尿。”小甜急得直跺脚。

老姜死死地拽住女孩儿，颤颤抖抖地说：“好孩子，你告诉爸爸妈妈，说你没病，说你没病啊！”

他拼命地摇着女孩儿，好像她是一瓶混合不匀的饮料。

“我没病啊！”小甜非常肯定地说。

乔先竹掰开丈夫的手，说：“甭管出了什么事，先让孩子撒尿去吧。”

夫妻两个面面相觑。他们注视着女儿，觉得那是一个陌生人。一种奇怪的病嵌入了他们孩子的体内，从此他们要和一个不认识的东西相处了。

乔先竹机械地端起盆。

“干什么？”

“做饭。”

“也不看看都什么时候了，还做饭！”男人吼道。

“什么时候也得做饭哪！就是咱俩不吃，孩子也还要吃。”乔先竹木木地说。

“不吃！不吃！还没有查出是什么病，这会儿把好东西吃进去，补不了身子，光补了病。饿着她！”老姜说。

“你那叫个什么理？兴许这个病不要紧呢？不要病倒没什么，人先给饿死了。”乔先竹强打起精神。她本想从丈夫那里得到点儿力量，没想到男人比她还先没了主张。

“吃点儿什么？”老姜突然觉得肚子极其的饿，想大吃一顿山珍海味。有钱人为什么啥事都不怕呢？就是因为他们总是吃得好。勇气是蕴藏在食物里面的。

“吃疙瘩汤吧。孩子没吃够。”

乔先竹舀了面接水，毫无知觉地抖着面盆。要不买酱豆腐就好了……要不碰见那个姓袁的大夫就好了……这个孩子究竟是得了什么病呢……

她端着一盆糊糊，在想。

CT，人们都会念叨这个词。没有人知道它的全称，知道它的确切含义。人们只知道它是一项很昂贵很严重的检查。病情需要做CT，大家就知道这是病得不轻了。假如做了CT还查不出是个什么病，那这病就更凶险了。

乔先竹记得袁大夫，可她专门不去找袁大夫。她想找一个别的大夫，好证明她的孩子没有病。

可是袁大夫还是看到了他们。

医院有高贵的花岗岩台阶，好像通往天堂的道路。袁大夫从医院的大门走出来，看到从台阶走过的人们都在绕一个弧形，中央仿佛是一座蛇岛。

一个男人和一个女人面对面地坐在冰冷的石阶上，手拉手，在忧郁的上午乘凉。袁大夫认出了那个买酱豆腐的女人。

“孩子呢？”他温和地问。

“上学去了。她的头疼得很厉害，我们说不要去了，她还是要去。她说她没有病，就是缺觉。我们来给她拿检查报告。”乔先竹说。她的眼泪像快要死灭了的蜡烛一样淌下来，黏结在脸上。

老姜把单子交给袁大夫。

“你们怎么坐在这儿呢？又凉又挡道。”袁大夫想把他们搬到一边，两个人像麻袋一样死沉。

“我们拿了报告单，就一边走一边看。走到这里，正好看完，我们就一屁股坐在这儿了，再也走不动了。医生，你既然能没见人就知道我家小甜有病，你一定能治得了她的病，你救救她，救救她吧！”乔先竹揪着袁大夫的衣服，不知内情的人，以为这女人要和医生打架。

袁大夫仔细地看了一眼报告单。第一个感觉是运筹帷幄的欣喜。果然不出他最初的判断，这女孩儿患有极险恶的脑肿瘤。

一个老人领着一个男孩儿小心地从他们身边走过，好像小船绕过江心的黑色礁石。乔先竹突然歇斯底里地狂叫起来："我恨你们！你们的孩子为什么一个个都好好的，我的孩子为什么要得这样的病？为什么！这不公平啊！老天！"

"起来！起来！"袁大夫厉声呵斥他们，"你们不能总在这里傻坐着！你们怎么说还是个大人，记住还有孩子呢！病在她身上，她才是最苦的呢！"

两个人乖乖地像木乃伊似的站起来，脸上仿佛大梦初醒的样子。

是啊，还有孩子。

"我们该怎么办呢？袁大夫？"

"把孩子送到医院来。陪着她。然后看看我们的运气吧。"

袁大夫走了，白大褂下摆像纸鹤似的飞舞着。

妈妈没有腿，只有半截身子像被掰断了的萝卜，齐刷刷地浮在半空……妈妈还是有腿的，把自己的脑袋拼命往后仰，妈妈就像蒲公英似的飘起来，她的头就消失了，下半截身子树桩一样立在地上……

这一切当然令人感到恐怖，但是也挺好玩儿的。这是哪个小朋友都没有见过的景象！等我病好了，一定好好地给大家说说这件怪事，就怕他们不相信……

小姑娘静静地躺在惨白的床上。因为脑瘤的压迫，她的眼珠开始像夕阳似的下沉。世界便像鸡蛋被切成了两半。只要她的头痛不发作，景象非常奇异。

乔先竹和丈夫胆战心惊地陪伴着女儿，他们已经从最初的震惊中凝固下来。悲痛沉淀在他们的骨髓，不知道还有多少酷烈的苦难在等待着他们。

“爸爸妈妈，我就要死了。”小甜很清晰地说。她的声音依然纤细，好像金刚石刀锋在玻璃上划出笔直的纹路。

“小孩子，别瞎说！什么生呀死的，你知道什么？不过是有点儿小灾小病，用不了几天就会好的！”老姜狠狠地说。他要是不这么凶狠，就抑制不住嗓音的颤抖，刚开始他不敢对女儿发脾气，他想孩子以后万一有个三长两短，他得后悔一辈子。

“你要是真心疼孩子，就骗她吧。糊糊涂涂地死，比明明白白地死，胆子要大点儿。没准儿这病还能医好呢。”乔先竹说。

“这病是治不好的，一点儿希望都没有。不要有幻想，幻想只会使最后时刻真的到来时，你们更加痛苦。”袁大夫谆谆告诫他们。

“照你说的，我们就剩下等死一条路了？那还要你们干什么？要医院干什么？”乔先竹血红着眼，瞪着袁大夫。

袁大夫悲悯地看着他们。无论病人和他们的家属怎样恶语相向，他都不会计较。医学其实是一门十分苍白的学问，它绝不像人们想象的那样强健有力。世上有许多病，医学可以非常精确地描绘它们，犹如毫发毕现的肖像，但是医生们望洋兴叹束手无策，这些病就叫作“不治之症”。

“我们给孩子输血！输脑浆！输骨髓！为了孩子，我什么都愿意掏出来。就从我身上抽！”老姜露出两只旋起青筋的胳膊。

袁大夫轻轻地把他挡了回去：“这又不是二十四孝，可以割股疗亲。人肉有什么？和猪肉的营养成分是一样的，还没有猪肉好吃。我们会尽力而为的，延长生命，减轻痛苦。”

乔先竹恨这个冷若冰霜的老大夫。可是又不敢得罪他。毕竟他是这所医院的外科权威。

“那我们走！转院！上北京！把家卖了也要给孩子治病！”老姜没有妻子那份心机，暴躁地跳起来。

“我不许你们走！”袁大夫冷峻地说，“孩子脑子里的那个瘤子，只有薄薄的一层膜，像凉粉一样软。任何一点儿颠簸，都会把里面裹的东西洒出来，事情就变得不可收拾了！脑袋是什么？脑瓜，脑瓜，脑袋就是一个瓜！这个瓜能装多少东西是有一定量的。瘤子就是一个烂菜花。它有根，会不断地长大。脑瓜里就那么大一点儿地方，瘤子一大，别的器官就被压成了一摞纸片。等到瘤子长到了和脑子一般大……不和你们说了，说了你们也听不懂。总之，你们如果一定要走，孩子就会立时死在你们的怀里。”

袁大夫毫无抑扬顿挫地说完这一席话，匆匆走了。他有许多病人要看。有的医生是凭态度殷勤出名，袁大夫只凭医术。

走出很远，袁大夫又回来嘱咐道："这孩子快抽风了。"

啊！！！

乔先竹和老姜先浑身痉挛了起来。还有多少罪在等待着这个孩子啊！

袁大夫深入浅出地向他们介绍了将要发生的癫痫大发作。深入浅出真是一件极残忍的事情。他把一个深奥的你不理解的可怕现实，描绘得那么简单明了，像一碗邪恶的清水，把你所有的希望都溶化掉了。

老姜和乔先竹真想把医生掐死。可实际上他们却围着医生忙不迭地问："有什么办法吗？"

"赶快叫护士用镇静剂。把她的手脚按住，以防骨折。为了保险起见，把她的手脚捆在病床上最好。"

袁大夫说得非常平静，好像在传授一道美味佳肴的烹制方法。老姜双手扶着袁大夫，像滔天洪水中抱住了一棵老树。他做出垂危病人的家属在这种情形下能挤出的最好的笑容，说："我们信得过您，把孩子的脑子就托付给您了。您把它给打开，把那个瘤子给割出去。哪怕孩子就此傻了，瘫了，我们也一辈子念您的好。"

袁大夫不屑地摆头："你以为你孩子的脑瓜真是一口箱子，想打开就打开想关上就关上的吗？脑子里的每一块都是非常重要的。除非是哑区……"

"哑区不就成了哑巴了吗？"老姜积极地插嘴。其实他是不该打岔的，但他想显出对大夫的讲解都心领神会，希望执掌孩子命运的医生能对自己说得再详细一点儿。

没想到袁大夫火了："谁说哑区不好？要是瘤子长在哑区，切掉就是了，危险要小得多！为什么叫它哑区，就是有它没它一个样。你家孩子的瘤子长得不是地方。如果把瘤子切除，就像从湿地里把一个萝卜拔出来，要拖出一大坨泥。那都是人的生命中枢。肿瘤被切除了，人的生命也就在那一瞬同时停止了。"

迄今为止，袁大夫说的都是丧气话。但这并不妨碍他千方百计地寻找救治孩子的方法。他从不在病人那里停留太长的时间，一切他都了如指掌。对于病的惨状，他比任何一个深受其苦的病人都更清楚。有出息的医生不是唉声叹气地在病人面前表示廉价的同情，而是苦苦探索，拿出拯救生命于水火的方子来。

小姑娘的头一天天地肿胀，渐渐像个榨菜似的见棱见角。夫妇俩日夜守候着女儿，像守候着一枚鱼雷，不知医生预言的可怕的抽搐何时到来。

袁大夫走进病房，手里拿着一瓶蓝墨水样的液体。

姜小甜睡着了。她的黑发遮住了头颅狰狞的凹凸，脸庞艰难地保持着娟秀。

“请你们到外面来一下。”袁大夫说。

“有什么您就在这里说吧。”两个人都不愿意离开孩子一步。最后相聚的时间像破盆里的水，越漏越少。“她睡了。”

“这是一种毒药，很毒的一种药。我不敢说它有多大的把握，但是如果我们不试一试的话，我们就一点儿希望也没有。”

“能有多毒呢？”夫妻俩问。

“我已经在自己身上试了一下，血管非常痛。”

“那受了这罪之后，她能好吗？”两个异口同声。

“好不了。只是暂缓死亡。”袁大夫永远不给人以不着边际的希望。

“让我们想想！让我们想想……”两个人抱着头，好像他们顷刻之间也得了脑瘤。

“你们好好想想吧。”他胳膊打过药的部位像烧红的铅丝在那里拧。他当然很想试一试这种新的药的威力，积累经验。医生的技术是在无数尸骨与血泊中堆积起来的。但他不能欺骗，给人以渺茫的希望，是最大的欺骗。

一家一户的痛苦并不影响世界的幸福。夏天不可遏制地到来，合欢花像粉红色的粉扑，抚弄着寂寞苍凉的病房窗台。

女孩儿的头成了多边形，早已愈合的骨缝像龟裂的土地，在菲薄的皮肤下绷开黑洞，一个内在的妖魔向四面八方膨胀。眼睛被扯进头发，眼珠像壁灯似的迸出。嘴角搭上了耳郭，鼻孔一个朝天，一个朝地……那个美丽乖顺的小女孩儿已不复存在，代替她的是一个被病魔统治的怪物。

抽搐终于开始了。发作的时候很突然，好像女孩儿接受了一道从天而降的旨令，毫无先兆地骤然痉挛。软绵绵的女孩儿皱缩得像极坚硬的擀面棍，每一块筋肉都像铁一样放光。小小的身体像一柄射雕的弯弓，反弹在惨白如雪的病床上，无数的汗水从这怪诞的人体虹桥上，滴滴答答溅落，犹如春暖花开时积雪的屋檐。

看着自己的亲生骨血受此蹂躏，老姜猛烈地往墙上撞自己的头，整个楼层被他撼动，暖气管子发出强烈的共振。他完全不觉得疼，或者说身上的疼转移了心上的疼，倒略略舒适些。

看着丈夫青一块紫一块的脸，乔先竹反倒冷静了。谁是一家之主？平和的日子里，男人们发号施令。当厄运像洪水般袭来的时候，女人们就挺身而出了。笨重的东西都被淹没了，只有那些平日里轻飘飘的物体，顽强地在浑水之上浮动。

护士们开始紧张地救治。

“我要去找他！”

“找谁？”乔先竹抱着丈夫。

“找那个像巫师神汉一样的大夫。他什么都知道，病要变成什么样，他早就心里明镜似的。可他就是不给治呀！愣是把我们孩子给拖成这样的啊！我要找他去！跟他算账！和他拼命！孩子不活了，我也不活了，他也甭想活！”

乔先竹抱着丈夫声嘶力竭地对护士喊：“你们给他也打一支镇静药吧！让他也睡过去吧！求求你们了！”

孩子睡了，丈夫也睡了。刚才狂躁一团的病房，现在温馨静谧。

要是永远这样沉寂，多么好啊！乔先竹真想此刻火山爆发，他们一家人就永生永世不会分离了。

丈夫已经垮了。乔先竹觉得平日倚在背后的那棵大树，被雷劈得四分五裂。她真想昏过去啊！在小说里电影里，女人是那么容易昏过去。身子一软眼一闭，就可以缩成一团倒在地上。等她醒来，事情多半就会好起来。

她真想无知无觉地躺在地上。就在这医院冰冷而又带着消毒水气味的水泥地上，永不醒来。她再也不用在孩子面前强装笑脸，再也不用提心吊胆地等着一天比一天恶化的报告单了……

她喃喃地说：“孩子，你去了，妈也跟你一起去。在那个新的地方，妈还给你做妈，你还给妈做孩子。妈还天天给你做疙瘩汤喝，多放香油……”

她的思绪像锈链子，缓慢迟钝地向前扭动着。可是她清醒地知道自己没有一丝昏过去的迹象。她的眼珠干涩如沙，嘴里也没有一星儿水汽。

她没有昏过去的权利。

许多厂里的人来看孩子。

“下班后有事吗？”

“没有。”

“那咱们到医院去吧。”

“好好的到医院去干什么？”

“去看老姜师傅的闺女呀。”

“还真得去看看。听说是快死了。要是去晚了，就是想看也看不到了。”

“真可惜，我以前没看过那孩子。”

“听说脑袋肿得像脸盆，手脚都绑着……”

“赶紧去！干吗还等着下班？上班去，领导还敢不批？”

人们蜂拥着去看那濒死的孩子。看完之后，心里生出自豪感幸福感和优越感。一无所有的人知道自己拥有健康，就是极大的富裕。为人父母的回到家里，骤雨似的亲吻自家的孩子。

司徒大妈不敢去看。她把假牙咬得嵌进了牙帮骨，才到了病房。

“司徒奶奶，您来了。这些天来了好多人，来看我。可是，您老也不来。我都想您了。”

司徒大妈做好了最充分的思想准备，床上就是躺了一个鬼，老太太也不害怕。可是老人家还是毛骨悚然了。她听到一个面目丑恶的小人发出那么动听的声音。

姜小甜的脑袋变成了一个不规则的多面体，司徒大妈老眼昏花看不太清就是了。

那简直就不能算是一个人。什么都变了，只有嗓音依旧。

“奶奶忙。从今以后，奶奶常来看你。”老人泪水涟涟。

“那我在病房活到一百岁，奶奶就得来几万次了。”

“来！奶奶来！几万次也来！”

“奶奶，我逗您呢。您也不想想到那会儿，您多大岁数了！主要是我活不了多久了。”小姑娘的眼珠已经像踩进泥里的杏核，很难错动。

“小小的孩儿，怎么能说这话！”

“奶奶，我要是不在了，我爸我妈老了，谁来服侍他们啊？我以前喝了我妈那么多的疙瘩汤，我总想等我妈老了，我也给她做疙瘩汤喝，可惜我做不成了。”

“做得成！做好了，别忘了给你司徒奶奶一碗。”老人赶紧颠颠地走了，她再也受不了了……

小甜躺在床上，你分不清她什么时间睡着什么时间醒着。疾病使人极大的聪明起来。她的脑瘤一定使某些神经绷断了，断头又搭上了线。就像烧断了的灯丝又对接上，分外刺眼。

乔先竹的心被一只铁爪攥出血来。心里叫着：瘤子瘤子，你快长到这孩子脑子里管说话的地方去吧！让她傻了吧！

死亡是一位透明的老师。活得好好的人是看不到它的。

只有那些衰竭到极度的人才被它收作学生。它诲人不倦地教导学生，濒死的人往往说出智慧无比的话。

“我死了以后，不要烧我，也不要埋我。烧我的时候头发会着火，太疼了！埋在土里那么黑，那么憋，蚯蚓会爬过我的脸，雨水会灌满我的耳朵……”小甜眼睛里的世界已经像砸碎的万花筒，是一堆彩色的碎片。这在好人想来自然是非常可怕，其实它是逐渐形成的，姜小甜习惯了，忘了完整的世界是什么样子的了。

“那你说，我们可该把你怎么办呢？”母亲钻进了孩子的圈套。现在不是讨论死不死的问题，而是在研究死后的处置方案了。

“我也不知道。我以前也没碰见过这种事，别的小朋友也没有说过。我累了，我要睡觉。我以后要穿一双红皮鞋，要草莓那种颜色……”女孩子立刻睡着了，你说昏过去了也行。

老姜已经是个废人。他不吃也不喝，只是愣愣地盯着女儿看，好像要在黑眼珠上雕刻出孩子的影像。他觉得这个脑袋畸大四肢枯干的小人，哪里还是他的孩子！一个魔鬼在暗中偷天换日，就像跳大头娃娃舞，这是一个假面具。

他要砸了那个可怕的怪脸，把他可爱的孩子从后面抠出来。

女人强迫自己吃饭，使劲吃。一家人总要有人主事，她吃的时候完全不知道饥饱，就迅速地肥胖，显出灰白的囊肿。

日子像蜕下的蛇皮，一动不动地挂在墙上。

那个时刻渐渐逼近。

袁大夫无动于衷，所有的同情心、怜悯心在做实习医生的时候就已用完，最初的病人死亡时他痛哭流涕。一次次的死亡把他的泪腺灼干了，只剩下坚如磐石的责任感。他承认，自己的恻隐之心绝不如那个抹着眼泪的司徒大妈，可是他会为拯救生命奋斗到最后一息。眼泪不是药。

袁大夫注视着一道道病魔运行的轨迹，想尽所有的办法。他嘲笑自己是明知不可为而为之的愚人。

人们都在盼望出现奇迹。但奇迹之所以被称为奇迹，就是因为在一般情况下绝不会发生。那个烂菜花蓬蓬勃勃地发育着，把小姑娘全身营养血脉的精华都攫取来，肥沃地滋润自身，快要成熟了。

癫痫发作得越来越频繁，小小身体成了病魔信马由缰的草场。抽搐的时候，像一只从高空坠下的猫。

“袁大夫，求求你。”乔先竹说。

“求我是没有用的。所有这些不是早就跟你们说过了吗？”袁大夫不耐烦。

“这回是求您把我的头割下来，给我的孩子缝上。”乔先竹很平静地说。

“那是不可能的。”在袁大夫多年的医学生涯里，还从没有人提出这种古怪请求。

乔先竹使劲揪住袁大夫，她的指甲长时间没剪，把袁大夫的白大褂袖子割开了。

“医学做不到那一步。即使做到了，那个人是你呢？还是你的孩子？人之所以存在，之所以你就是你，而不是其他的什么人，就因为头颅是不一样的。将来有一天，医学发展到了那一天，也不会做这种事的。”袁大夫想把袖子抽出来。

“你休想走！”

“你要怎么样？你！”袁大夫难得地吃惊了。

“既然你治不活她，你就把她治死吧！大夫，这是我最后一次求你了。她这么活着太受罪了。我看着她受罪我又代替不了她，我又不能不看，要不你就把我的眼睛治瞎了吧。医生，你给她吃点儿药，你让她平平安安走了吧。可是你别告诉我！你就骗我一回吧！你让我在她前头死了吧！”

袁大夫推开披头散发的女人，对护士说：“给她用强力的镇静剂。”

乔先竹醒后，精神平稳多了。

“我们不能老这么垂头丧气的。我们得笑。”她说。

丈夫首先响应号召，他想把嘴角咧上去。可是长时间的愁苦皱纹，像锚链把筋肉固定在悲惨的模具里。他就用手指把嘴角像被子似的推向上方。

成就了一个很完美很标准的笑容。

女孩儿用她的半个眼球注视着这一幕，说：“我也要笑吗？”

“要笑。”妈妈说。

女孩儿吃力地笑起来，那是一个极恐怖的表情。又一次抽搐降临了。

现在每天都给孩子输镇静剂，她只做一件事，就是昏睡。在如此静谧的条件下，肿瘤发育得更加饱满。孩子的头皮紧张得如同笛膜，血管像琴弦一样跳动，养料源源不断地供应那个赘物的消耗。

由于家长的强烈恳求，那种像墨水一样蓝的药物被滴进孩子的身体。袁大夫想对他们说，事至如今，除了徒增痛苦，没什么用了。可他终于什么也没有说。如果不用这种药，他们会后悔一辈子的。现在已经不是考虑病人的问题，而是要为活人着想了。

奇怪，那小女孩儿似乎并不觉得痛。

乔先竹呆呆地看着那蓝色的液体。这是一个有着皎洁月光的晚上。只有小小的床头灯亮着。

孩子的命就存在于这靛草一样蓝的药水当中吗？

突然，女孩儿醒来。

有什么东西能对抗那么强大的镇静剂呢？

“妈妈，我想喝水。”

“别给她喝。她这个病就是从喝水上得的。越喝越重。”爸爸说。

“不喝就会好吗？”女人说。

“喝吧。”爸爸就给女儿喂水。

她一口气灌了那么多水。好像脚下有个漏斗，把水又渗回到地里了。

“好舒服呀！”女孩儿说，“你们为什么老不让我喝水呢？要是让我喝水，我早就好了。”

“从现在开始，你爱喝多少水就喝多少水。”女人说。

“那我就变成一个水鬼了。”女孩儿微笑着说。

“别神呀鬼呀的。渴了就喝不渴就不喝。”

“其实我早就知道了，你们不给我水喝，就是想让我早死。我死了，你们就高兴了。”女孩儿安安静静地说。

“孩子，谁教你说的这个话？”这是女人自从孩子病了以后，听到的最恐怖的话。

“这是我自己想出来的。”女孩儿很骄傲地说，“你们以前就说过，想要一个男孩儿。有我在，就没法生一个小弟弟。所以，我根本就没有病，好好地上着学，是你们非把我送到医院里来的。送来以后，你们又不给我治。这么好看的药。”小姑娘的手绑着，怕的是她突然抽风时掉到地上骨折。她无法动手，只能用半个眼珠瞟瞟湛蓝的输液瓶。

“不是啊！孩子！大夫说这个药特别疼，怕你受不了啊！”乔先竹像母狼似的号叫着。

“你们骗人。它一点儿都不疼。”小女孩儿坚决否认。她极度衰竭，连剧痛都感觉不到了。

“你们说什么我都不会相信了，你们总是骗我。你们连水都舍不得给我喝……现在我就要死了，这回你们就满意了吧？我知道你们会偷偷地笑……你们可以去生小弟弟了……可是我都不在了，他又是谁的小弟弟呢……”

男人和女人死死地对视着。这肯定不是他们的孩子，而是一个刻毒的妖怪。不知道在哪一个漆黑的夜里，它把他们美丽聪明的女儿换走了。

“孩子，这是谁教你说的胡话啊？爸爸妈妈是多么地爱你啊！假如这罪能够换到我们身上，哪怕就是增加一千倍，爸爸妈妈也愿意替你受啊……”乔先竹凄厉地叫着。

“我再也不信你们了……别忘了我的红皮鞋……要草莓色的……”姜小甜说。她仿佛看见了那双鞋，脸上出现了一个莫名其妙的笑容，缓缓地从嘴角升到了眉梢，像烛焰熄灭前的最后一跳，空空洞洞地停在变了形的鼻尖上面，之后就永远地栖息在那里。

夫妇俩拼命地按铃。护士像潜伏的士兵冲了进来，开始抢救。

“结局就是这样了。我早已同你们说过。抢救过来之后，无非是让她多受几个小时或是一天半天的苦，最后还是……”

袁大夫说。

“不！不！我要抢救！我要你把她救过来，我还有话要对她说啊，她不能就这样走啊，我得给孩子说清楚啊，她太委屈了啊，我的孩子！”即使在这种时候，女人依然十分清醒，丝毫没有晕过去的迹象。

袁大夫第一次违背自己的判断，指挥抢救。

女人目光炯炯地看着。

袁大夫错了。女孩儿永远地笑下去了。

女人突然扑上去，狠命地捶打女孩儿的头。“她活着的时候我不敢碰你，现在她死了，可你还活着！我要把你剜出来，剁个稀巴烂！是你害死了我女儿，你赔我女儿！”她猛烈敲击女孩儿的后脑，不知为什么她认定那该死的瘤子长在脑壳靠近枕部的地方。

女人的精神在这一瞬完全崩溃，她把死人捽得嘭嘭作响。

轮到男人顶天立地了。他对医生说：“孩子是不行了。救大人吧。”

老姜操持去给孩子买最后的衣服。司徒大妈不让他买红皮鞋，说是这样小小年纪就夭折了的女孩儿，是不能穿红的。要不，对活着的人不吉利，他拿不准这件事怎么办。虽说回了家，女人还是疯疯癫癫，一天嚷着：“我不想要什么小弟弟，我就想要你，我的女儿啊……”

可是不问女人这事就定不下来。他终于对女人说了。

乔先竹坐在明晃晃的阳光下，凝然不动的眼睛仿佛透明。

“对活着的人不吉利？活着的人和她有关的还有谁？不就是咱俩吗？”女人这一刻明白如水，“最大的不吉利不就是个死吗？她都死了，我活着还有什么意思？真有不吉利，那就是女儿要送我的东西，我都收着，搂着，抱着……她就要一双红皮鞋，你还不给她买！你还要来问我！难怪她恨我们。女儿，你恨得有理，你该恨……我们就是太可恨……”

草莓红的皮鞋给女儿穿上了。

烧骨灰的时候，推尸的老头儿盯着红皮鞋看。

老姜说：“你没见过这么穿的是不是？我们不怕不吉利。”

老头儿默默地点了点头。他是想这双鞋给他的外孙女穿挺合适。

乔先竹没去火葬场。老姜怕她一定要去，正不知如何劝才好，乔先竹自己却先说了：“我不去。那不是烧我的孩子，那是烧那个瘤子。”

女儿被捅进焚尸炉。老姜就跑到院子里看烟囱里冒的烟，他想这是这孩子在世界上最后的模样了。砌成四方形的烟道冒了一缕极轻袅的白烟，之后就是浓黑的乌龙。

“孩子，爸爸知道只有刚开始那一小截是你，后来就都是那个瘤子了。你到天上去了，你顺着风回家看看你妈吧，她想你啊！”

女人不吃饭，瘦得像两张纸贴在一起。在亮光里，从她的后背，能看到前面的肋骨。

吃饭的时候，她就说："去叫小甜。"

小甜自然是不会来的，她就说："你先吃，我等她。"

闻到饭的气味，老姜觉得饿极了。从那遥远的疙瘩汤以来，他好像从未吃过饭。他把饭碗上的瓷都咬下来了。

男人在事情没有发生以前非常惊慌，把力量积攒起来。结局一旦出现，就冷静了。女人们在每一步骤中都有板有眼，她们把血洒在途中，最后就全线崩溃。

夜里，乔先竹把丈夫撼醒："起来！起来！我们的女儿活了！"

老姜看到女人的眼睛绿莹莹的，好像表盘上的荧光。

"活了？怎么会？是我亲眼看见她烧成了灰！你醒醒！"

男人去摸女人，好像摸到一丛荆棘，到处扎手。

"你快去开门！她就穿着红皮鞋，在我们门前走呀走……"女人挣扎着要起来。

"我去！"男人开了门，门外是一地清辉。

"都怪你开晚了门。女儿又生我们的气了，她走了……走了……"

女人凄凉的号声，在"个"字宿舍区每一家的窗玻璃上，划出尖锐的痕迹。

“这女人干脆死了吧！”睡梦中的人们赌咒。天亮以后，人们略微慈善了一点儿。“想个办法救救你老婆吧，要不就难说了。”大家劝老姜。

男人对女人完全无能为力，能说的话都说过了。他原本就不是一个能说的人，死亡和焦虑更剪去了他的半截舌头。

女人真的活不了多长时间了。

老姜没办法，又去找袁大夫。他不想见医生，可是除了医生谁还能救女人的命？找别的医生？袁大夫是最好的了。而且他什么都不用说，袁大夫都明白。

“医生，到我家去一趟吧。救救我女人。”

“我不去。”袁大夫刚做完一台大手术，正在洗手。洗完后，他并不是像常人把手在毛巾上擦干，而是甩着两手，等着风把它们吹干。

“要不我把她送到您这里来。”老姜哀求着说。

“那也不必。看不看都一样。”

“医生，您不能见死不救。”

“我只说不去见她，并没有说不去救她。她的病我不用看，就知道是怎么回事。现在只有一个办法可以试一试。”

“医生您快说。我拼了自己的性命也要救她。她们都死了，我活着还有什么意思？就是要把我的心煎了给她吃，我都掏出来。”

“别说得那么鲜血淋淋。那都是神话故事里的事，根本没用。医生有的时候很无能，比如对付你女儿的病。有的时候也很有招数，比如你老婆的病。你的女儿我没能留得住她，但你的老婆我可以治。”袁大夫的手被风吹干了，插进雪白的白大褂兜里。

“快说啊！大夫！”老姜恨不能把办法从医生的喉结下抠出来。

“这个办法主要就看你的了。”

“我？我没事。是她不行了。”

“妻病夫治，也是一条原则。”大夫平静地交代。

“我能行吗？我……会什么呢？”老姜忐忑不安。他来求大夫，没想到医生又把这颗苦果子还给了他。

“你行。这事除了你还没有人能办得成。”

“这是个什么妙法呢？”

“让她怀孕。”

“再生一个孩子？”老姜的眼睛瞪得像两盏汽车大灯。

“是的。唯有这个方法才能挽救她的精神和生命。”袁大夫极肯定地说。

“可是您现在没看见过她。她瘦成了一把筋，摔一个跟头，能在地上打出火星来！她哪还能生孩子？孩子会把她的肚皮硌漏的！您快点儿给她开些参吧，山参红参太子参西洋参都行。您那个主意会要了她的命！”男人又开始恨大夫，觉得他像个兽医。

“世人只知道用参。其实人参杀人无数，是个罪大恶极的凶手。我出的主意，你可以不用。只是她现在的情形万万不可用参，你一定要记住。”袁大夫结束了他的谈话，就像合上了一本厚厚的字典，把所有的解释都藏在了里面，不再打开。

男人回到家。乔先竹说：“我知道你到哪里去了。你去找医生了。”

女人的身躯已经像一块洗过无数次的布，又软又薄，轻轻一吹，就会破一个大洞。

“医生说什么来着？”

“医生说让你好好吃饭。人死了不能复活，活着的人还得活下去。只要人活着，什么都好说。”男人从来没把话说得这么流畅。

女人听了说：“这不是那个医生的话。那个医生从来就不会说这么好听的话，这是你说的话。也够难为你的了。”

老姜觉得女人变得像那时的女儿，一身的妖气。

女人的世界已缩成一个冰冷的古井，里面只住着她的女儿。她不明白男人为什么撒谎：“医生还说什么了？快告诉我。”

“医生什么也没再说。”老姜喃喃地回答。他不会编谎，只有缄口不言。编不圆的谎就像破竹篮，鸡蛋都漏下去了。

“那就是说我快要死了。”女人幽然地吐了一口气，“那个医生要是不说话，事情就没救了。”

“不！不！他可没说你快死了。他也没不说话。他说你只要按他的法子办，什么事都会好的。”老姜忙不迭地辩解。

“你又在骗人。你是骗不了人的，干吗做这吃力不讨好的事呢？也许骗骗别人还行，你哪能骗过我呢？”女人宽容地说。

“这回可是真的！医生真说事情好办。”男人想，彼此之间骗得太久，都不知道什么是真的了。

“倔大夫又说什么了？”乔先竹难得有兴趣。

“这个……还真不好说……是……”男人结巴得厉害。

“这有什么不好说的？咱们不是两口子吗？”

“对对！就是两口子的事！”男人如获至宝。他真没法说那个主意。

“你说呀。”

男人发起火来：“别提他！他的主意混账极了！是把人往死路上整！”

“我不怕死。快把他的主意讲我听听。”男人的火气触发了女人的心气，穷追不舍地问。

“他说……让你再生一个孩子……”老姜等着女人撕肝裂肺地惊叫。

“他真这么说了？”女人没叫，但满脸惊愕。

“真的！这可不是我的意思。是该死的袁大夫的原话。”

“他怎么跟我想得那么一样！我早就琢磨过了，就是这么一回事。我们俩就像两棵树。我们结了一个果子，它被风打掉了。我们再哭，它也不会回到树上去了。可是我们还能结好多好多的果子啊！我早就想和你说了，可我怕你笑话我。都这样了，还想着这事。我不是个下贱的女人，可我想要个孩子。我是个女人，我不能没有孩子。你要可怜我，你就按医生的话救我。有了孩子就有了我……”女人一下子说了这么多的话，要是平日，早就上气不接下气的了。今天却神采奕奕。

“不！我不能干那事。你就是真的信他那个邪招儿，也得养好了再说。你现在这样，孩子会要了你的命！”男人坚辞不干。除了心疼女人，他对自己毫无信心。自打女儿病，住进了病房，他就知道自己不行了。

女人不再说话。她没有力气说话了。她无声无息地贴在床上，像一枚叶脉分明的书签。

在以后的日子里，他们都不提那个话题。他们像两艘破烂的小船，谨慎地避开犬牙交错的礁岩。

那礁岩是有生命的。在黑暗与沉默中越来越大，横亘在他们之间。

女人执拗地什么话也不说，安静地等待死亡。

男人凄惨地说：“你这不是害我吗？孩子刚走，你又要走。留我一个人干什么？谁走在前面谁享福，有人照顾有人捧骨灰盒。你比我能干，你服侍了我一辈子，这会儿就再让我一回吧。让我先走一步，让我死在你前头。虽说我比你大几岁，权当你是我姐姐，我到阴曹地府里也谢你。”

女人说：“我不是你姐姐，我是你老婆。”

半夜里。女人突然起身，说：“做锅疙瘩汤。”

“没菜了。”他们什么也不操持，家里像是被日本鬼子“三光”过。

做疙瘩汤需要根块状的菜肴做辅料。比如土豆倭瓜西葫芦，要禁得住熬煮。做得了软硬和面疙瘩差不多。假如放了菠菜，就烂成水草了。假如煮的是扁豆，硬得像地雷，垫得牙疼。

“不用那么讲究。就吃甜疙瘩汤。”女人说着爬起来，手脚麻利地生火做饭，全然不见了病恹恹的模样。

男人在医院里见得多了，他恐怖地想到回光返照。

他要抢女人手里的面盆，女人像铁钳似的抓住盆，他只得由她。

火光映着女人的脸，像刷了一层金漆。女人就显得神圣。

两个人把疙瘩汤喝得呼噜噜山响。喝的时候，他们都想起女儿，可是他们都不说了。喝着喝着，他们突然不喝了，觉得疙瘩汤里有一股血腥气。

喝完了，出了一身透汗。女人说：“这件事，你听我的。”

男人说：“什么事？”

女人把男人拉到身边："睡觉。"

炉子上坐着水，火光从炉底泻出来，与高窗洒下的月光辉映一处，金银镶嵌。

男人拼命摇头，好像他刚从水里钻出来。"你说什么？"

"睡觉。"女人坚定不移地重复。

对于那件事，她不会用更文雅的话来说，她只会这一种说法。虽然粗鄙，但她的神情极严肃。

"不，不！我不行……是我不能……"男人连连退缩，直到凸起的腰肢抵到絮着蛛网的墙角。

"你能！你怎么不能！你是个男人，你就应该能！你想想我们的孩子你就应该能！"女人斩钉截铁地说。

不提女儿还好，说了，男人更瘫软不堪。

男人说："改日行吗？我明天就去买猪腰子。"

女人的牙齿闪闪发亮。人哪都能瘦，就是牙不会瘦。"不行！就今天！我等不到明天了。明天我就会死了！"

女人被一种奇异的火焰烧灼着，光着身子在屋里追逐着男人。男人哀求她说："我答应睡觉。我答应睡觉还不成吗？只是你的肚子里还有一个环。就是我咬着牙行了那种事，你也是坐不了胎的。"

女人安静下来，说："我倒忘了那个铁圈儿。我们先把地耙平了，再撒种。"

第二天他们去了医院妇产科。主意虽说是袁大夫出的，可医院也是铁路警察各管一段。在医院住过那么长时间，知道了医院内部的分工也是很细的，就像各种颜料绝不混淆。要是愣掺和在一块，就是黑的了。

“你才多大岁数啊？还没绝经呢，你摘的什么环？可不是儿戏，摘了立马就能怀上。这样的事我们见得多了，昨天我才给一个已经当了奶奶的人做了流产。你有五十了吗？我劝你别着急。再坚持两年，等身上彻底干净了，再摘不急。”妇产科医生很健忘，她刚在病历上写下乔先竹的年龄，还不到四十岁。

“我就是想怀个孩子。”女人说。

“你？”胖胖的女医生像根膨化雪糕，吃惊地张着肥而圆的嘴，“你这么瘦，估计已经没有了受孕的可能。我们刚才说的只是万一。在德国集中营的女犯人，就是因为瘦，全怀不上孩子。说了这么多，我还忘了问你，你的孩子呢？”也许见多识广，谈到这么敏感的话题，女医生依旧春风满面。

“她死了。”要是以往，乔先竹立刻痛哭流涕，今天她却很平静，“这是她的死亡证明书。”她掏出叠得齐齐整整的一张纸。他们从未打开过它。

“我们还需要再核实一下。”女医生谨慎地说。

正巧袁大夫走进来。妇产科和外科在广义上属于一家。

“她的情况我知道。你就给她操作吧。”袁大夫说。他没有丝毫惊奇的神色，一切都在意料之中。

乔先竹向袁大夫羞涩地笑笑。这一笑表示什么意思呢？她也说不清楚。希望在远处鬼火似的跳跃着。

女人躺上手术台。女医生把闪闪发光的钳子揳进她的身体，仿佛一堆钢镚撞击的声音在她的洞穴里作响……一旁有个银亮的不锈钢器械桶，正好反射出医生们的动作。当然很不精确，好像被水洇过的画儿。由于圆弧凸起，又像哈哈镜似的变形。医生的脸像一粒长长的豆荚，套着乳胶手套的双手格外的宽阔，好像白色的章鱼。

这本是一个小手术。医生们把那个像戒指般的细钢丝环从女人体内掏出，犹如在茶杯里舀一粒黄豆。雪糕样的女医生已经用钢钳触到了它，敲响了它坚硬的表面。剩下的工作就是把它拽出来。萝卜缨已经揪住，拔出它还是问题吗？

没想到女医生遇到了顽强的抵抗。那个铁环长出了无数的根须，植入它栖居的子宫。

女医生试着加力，她把撬钉子的力量输到悬空操作的手臂上。但那个铁环纹丝不动，好像已经在女人体内停留了一百年。

胖医生的白帽子被汗水胶在头上，勇气像雪糕一样融化了。她没有遇到过这种情况。这个女人以前绝不是这么瘦。她迅速萎缩的结果是把这个钢铁指环嵌进血肉。

“去叫袁大夫。”女医生小声吩咐护士。

老姜等在外面，焦虑不安。女人进去好长时间了，毫无音讯。他从护士急匆匆的脚步里觉出异样。他忍着没问，问了人家也不会告诉他。

他看到袁大夫走过来。他希望袁大夫能给他一个微笑，他就会安心好多。但是袁大夫看也不看他就走过去，好像他是一只痰盂。

女医生刚想交代病情，袁大夫说："我明白。"

女人被悲哀蒸发了。残存的躯体坚硬如铁，包裹着避孕环，如同一口保险箱。

乔先竹从不锈钢筒的反光中，约略知道出了点儿麻烦。这意外到底是什么她不清楚。女医生的摆弄还没有给她造成太大的痛苦，只是觉得内里坠胀。

看到袁大夫，乔先竹不好意思。虽说打过许多次交道了，但她此刻姿势不雅。只是男医生的态度非常严谨，容不得你有丝毫忸怩。

袁大夫轻柔地操作了一下，说："是我劝你要个孩子的。现在我要劝你不要孩子了。"

"为什么？"女人觉得自己的脊髓被抽走了。插进她身体的形形色色的器械，随之剧烈抖动。

"因为那个环卡在里面了，很不好取。"袁大夫简略地说。他不屑给病人做更多的解释。病人知道得太多，只会给医生添乱。

"要是一直取不出来，它不会随着我的血流到骨头里吧？”女人有些惊慌。她不怕死，但是她讨厌这种死法。

“假如一直取不出来，它就老老实实地待在里面，同你相安无事，你什么感觉也不会有。比如有人打仗时子弹留在皮肉里，以后就变成了一个钢铁馅的饺子，同人和平共处。烧骨灰的时候取出来就行了。这个环比子弹可要温和得多，你尽可以放心。别动它是最好的方法。”袁大夫破例说得比较详细。

“可是孩子呢？孩子能和这个环一块长大吗？”女人问。她身上的铁器一阵乱晃。

“没有孩子。孩子是和这个铁环势不两立的，所以它叫避孕环。”袁大夫觉得这个女人真是愚不可教。

“那我要孩子，不要环。”女人把自己的姿势调整得更舒适一些，“你要是不给我取出这个环，我就不起来。”

“就是说你坚决要去掉这个环了？”女医生兴奋起来，这是一个练手的好机会。但是要分清责任，类似文责自负。

女人很清晰地说：“医生，您甭害怕。这事是我自己要求的，同别人没有关系。虽说主意最初是大夫出的，可我听了，就是我的主张了。现在大夫改变主意了，我可没变主意。你们想法把那个环给我取出来就是了。当医生的既然有办法把它送进去，就该能拿出来。受疼流血我都不怕，实在不行了还可以开刀，我一定要再生一个孩子。这是我自己的事，你们别跟我男人商量。生孩子是两个人的事，这环可在我身上，不是在他身上，跟他没关系。我现在也没打麻药，脑子清清楚楚，我说的话我负责。剩下的事你们就看着办吧。”女人说完，合上眼睛，好像再也不打算起来。

女医生用目光问袁大夫。袁大夫说：“既然这样，你就干吧。”

女医生说：“你别走。”

袁大夫说：“好，我看着。”

女医生把锐利的剪子探进去，找到那个环，那个环埋在肉里，只有一小段露在外面。就像缝在一床厚棉被里的线头，一不留神就缩跑了。

一切都在人体的黑暗当中进行，精妙的感觉通过长长的金属手柄和隔膜的乳胶手套传达到手术者的神经。女医生吃力地分辨着微茫的差异，确认锋利的剪刀刃口下是一根钢丝，而不是一条血管或是一束筋肉，她就当的一声撂合了剪子。

接着她又细心地把铁环破成许多截，就像不嫌麻烦的家庭妇女在拆一条旧裤子。然后她用长长的镊子把铁蜈蚣一样的钢丝残片，一段段夹出。

每一段环都血肉模糊。护士把它们在水池里洗干净，贴在洁净的白纱布上。

钢弦的每一丝抽动，都给女人以狞厉的痛感。她觉得医生不是把钢丝取出来，而是把它们在她的肚子里烧红了。随着钳子的翻动，她感到自己的子宫变成破烂的蜂巢。

护士终于在白纱布上写完了那个鲜血淋淋的“○”。

袁大夫用钳子扒拉着钢丝，说：“嗯，很完整。”

成功了。

女人的头发像黑色剪纸贴在脸上。

男人迎着女人：“出了什么事？把我吓坏了。”

“什么事也没有。”女人笑了，真切快活。她脸上的肌肉由于不习惯这种分布，突突地跳起来。

老姜相信女人一切顺利。那笑容是绝装不出来的。

“谢谢您。”夫妇俩对飘然而去的袁大夫说。

“一个月以后。”袁大夫说。

走廊上的其他人都听不懂这句话。

女人安安静静地养了一个月。她已经能做一点儿轻微的工作了。男人给自己买猪腰子吃。那些叫作什么“鞭”的补品，太贵了，吃不起。而且老姜觉得自己不至于那么无能，主要是精神上的事，妻子活过来了，他也就恢复正常了。

那一天终于到了。

“行吗？”先是男人问女人。

“行。”女人很肯定地回答。

“行吗？”这一回是女人问男人。

“行。”男人很肯定地回答。

他们于是洗澡，把半个“个”字小屋收拾得干干净净，好像有一位贵客就要到来。然后耐心地等到晚上，其实白天也是完全可以的，但他们总觉得那不地道。

晚饭他们吃的是疙瘩汤。为什么要吃疙瘩汤呢？不知道。女人把水管拧得小小的，水珠滴下来，就像是千年的钟乳石眼泪。她把疙瘩摇得匀细无比，好像一盆珍珠。

夜深了。他们一直等到周围所有的人家都睡着了。为什么一定要这么晚呢？不知道，也许是他们有些害羞。

清冷的月光从高高的小窗流淌进来，晒在赤裸的俩人身上。女人已经丰腴了一些，骨头与骨头相撞的时候，不会把男人硌痛了。

“睡觉。”女人说。她的脸上闪着新鲜带鱼的银色光泽。

她不会说做爱或是造爱那种很美妙的话，可是她庄严而神圣。

男人勇敢地动作起来，就在他的工具像一条被激怒的蛇，由柔软变为昂然挺立的时候，他突然在月亮的角落里看到了女儿最后的笑脸。

他像被抽了大筋，啪地耷拉下来。“你看那月亮！”他说。

“看什么月亮！我要你看我！”女人热烈地说着，哗地把窗帘拉上。月亮就无助地被关在外面，只能把窗帘的中央照得雪亮。

“睡觉！”女人命令着。

男人振作起精神，竭力想表现得出色。可这是不由人的事，无可遏制地疲软下来。

女人索性坐起身，像稻草秸扎的假人，只有上半截，下身隐没在黑暗中。

“你又想女儿了是不是？”她说。

男人不说话。

“她是什么？她就是咱俩做出来的。现在她成了废品，我们重造一个就是了。她说我们想要一个男孩儿，其实我想要个和她一模一样的女孩儿。小甜在天上转了一圈儿，就要回到我们身边来了。”女人说着，用手去帮助男人。

这是一场完全没有情欲的结合。他们贴得那么紧，像是生了锈的钥匙和锁，干燥得没有一点儿汁液。

从此这成了他们的功课。每逢女人做疙瘩汤的晚上，她就追着男人说：“睡觉！”

老姜的功能渐渐苏醒。有规律的疯狂是一种运动，强身健体，活血化瘀。男人从悲痛的路灯下走远了，忧伤的阴影淡了。

脱离了轨道的生活，艰难地回归着。

突然，饭桌上消失了疙瘩汤。

初始，男人没理会。吃别的也很好嘛！

晚上，当老姜英姿勃发的时候，女人冷淡地拒绝了他。“从今往后，咱们互不侵犯。”女人说。

“你哪儿不舒坦了？”老姜恨自己该早些想到女人是禁

不起连连折腾的。

“没不舒服。我哪儿都舒服，好久没这么舒服了。”女人背对着他。老姜又问：“那是生我气了？”

“别瞎猜，是我有了。你的事就算做完了，以后的活儿就是我的了。”女人说。

“真的？你没搞错？”男人欣喜万分。

“那还会有错？又不是第一胎，我有数的。”女人胸有成竹。

她很累。事情才刚刚开始，她就累了。可是她不会把这话告诉丈夫。

“那我们，我们该干点儿什么呢？”男人摩拳擦掌。

“等着呗，世上什么事都有速成的，唯有这件事不成。你也帮不了我的忙。让我安安静静自己待着比什么都好。”

男人摸着女人锅底一样凹陷的肚子说：“不知道她现在有多大了。”“蚕豆大。”女人说。

此后女人格外娇气，格外珍惜自己。她怀第一胎的时候可不是这样。那时她年轻，根本不觉得自己身上有什么特殊变化，该上班该骑车该爬高下低一如既往。这回她灵敏得像支试电笔，每天都侦察出新感觉。有一天，她想吃香椿鱼。

香椿鱼就是香椿、鸡蛋做的疙瘩汤。别的都好说，可是寒冬腊月的，到哪里去找鲜香椿呢？

男人平日对女人是百依百顺，这回说：“难。天寒地冻的。”

女人说：“嗯！又不是我想吃。”

男人说：“谁？”

女人说：“孩子。你可以亏待我，你不该亏待了孩子。要说吃，我是什么都不想吃，是那个孩子在我肚里叫，她要吃香椿鱼。”

男人再不说什么，满世界地去找。鲜香椿上市的日子每年只有几天，而且这简直就是一味野菜。男人实在找不到，就去酱菜园买了腌香椿，回来用水拔了好几天，给女人做了一碗黑黢黢的香椿鱼。

他紧张地等着女人的反响，女人越来越挑剔了。不过这一回她已经不想吃香椿鱼了。

女人每天的主要功课就是感受自己。她以前从不知道，这是多么美妙的一件事啊！

受孕的那一刻，她仿佛看到卵子在自己的体内四处飘荡。它像一朵透明的葵花或者干脆就是凶猛的海蜇。男人的蜂群像千军万马杀将过来。圆圆的卵子像海洋里的救生圈，在汹涌波涛间起伏。唯有一只蜜蜂钻了进去，它用泥巴封了洞口，和那个眼睛似的卵子做成一个蛹，在里面慢慢地孵啊孵。一直要等十个月……

女人的感受掺杂了微薄的科学知识。当她像床单子一样铺在男人的身下时，她感到了一种创造。

女儿的脸会突然在最意想不到的地方出现。比如刷碗后碗底剩下的那一小洼水里，比如打碎了的暖壶内胆上……她就对她说："你别急。我就要把你造出来了。我们就会有一个和你一模一样的孩子了。你就是我生的，造你的那套模具还在，现在把我的血肉填进去，就像把面按进月饼模子。等上十个月……啊……现在用不了十个月了，你就可以重新回来了……"

一个有经验的老农看到庄稼被冰雹砸了，他会痛哭流涕。可是他一会儿就不哭了。他会看看节气，麦子不成了种玉米，玉米来不及了种小豆……总之，他不能让那块地闲置，否则他还算是什么老农！

女人有时候也会非常忧郁，她想这不是让小甜说中了吗？可是她马上又反驳自己：我不想要一个男孩儿，我想要一个女孩儿。而且这个女孩儿不是别人，就是小甜自己呀！

她就心安理得了。

女人马上就到四十岁了。四十的女人是不宜再生育的。危险像一只猫，在她的头顶上潜伏着。可女人不害怕。她说："四十八还结个瓜呢。谁说我不能生？我摘了环，刚两个月就有了，就是刚结了婚的小媳妇也没有这么快啊！"

老姜把所有的活儿都包揽了，把好东西都省给媳妇吃。

女人发面一样一天天膨胀起来。女人不对人说，其实这一次和上一次大不一样。上一回，她迷迷糊糊就当上了妈妈，这一回，要艰难得多。

大病初愈，或者说根本就没有愈，马上就进入制造生命的过程。她像一棵衰败的老树，还要挣扎着结果，就需竭尽全力。

孩子长脑子了，她知道。因为她觉得自己的脑袋变成了一个空椰子壳，浆水都流到孩子那边去了。

孩子开始长记性了。因为她的心什么也记不住，好像一块写满了字的青石板，连个简单的直道也画不进去了。

她的牙像被陈醋腌过。上下牙对撞的时候，就像两块酥皮饼磕碰，有渣子落下来。女人非常高兴，虽然从此她只能吃极软的东西。她的孩子开始长牙了。她知道牙并不是生了以后才长出来的，而是妈妈送给孩子的礼物。

女人觉得自己像一座老房子。骨头松了，头发一缕缕脱落，背也驼了，眼睛也花了，指甲凹陷得像汤匙，手脚一阵阵地抽筋……她就非常高兴——这是一个多么健壮的孩子啊！她觉得自己的身体也很懂事，知道把最好的养料毫不迟疑地供应给孩子。要是她感觉不到自身的虚弱，她就伤心了。那说明她的余力还没有贡献出来。

她的身体彻底背叛了她，她的血管和胃都只为那个发育中的孩子服务。她快活地想：这个孩子才这么小，就这么有本事，将来一定能做大事。

在有月亮的夜里，男人会打熬不住。女人坚决不许男人上身，像狮子一样凶猛地吼道："不行！不行！"

"就这一次。你的身子还不算很重，我一定特别地小心。"老姜和颜悦色地说，"要不姿势随你选。"

"半次也不行！那些玩意儿淋到孩子头上，会得癞头疮的！"

"你瞎说！咱们以前不是也有过的吗？女儿不是好好的吗！怀胎十个月，难道男人要当十个月的和尚？"老姜急了。

"我要出个优质产品。什么都别说了，你就丢掉幻想吧。那事是一点儿指望都没有的。"

"那我怎么办哪？"老姜百般无奈。

"怎么办都成，就是别惹我。"女人懒懒地说。

"那我就去找别的女人了！"老姜赌气地说。

"行啊！随你的便。只是不要给钱。咱们家拉了不少账，孩子生下后，开销就更大了。"女人心平气和地盘算着。

"不给钱天下哪有那样的好事呢？什么都在涨，这事也不知是个什么价了。"男人长叹了一口气。

"不是说有不图钱的友谊第一的吗？你就不能找个心灵美的了？还不得传染病。"女人打趣。

"嗐！越说越没谱了。谁会看得上咱们穷工人。我不动你就是了。憋急了，我有法。"男人说着起了身。

"你干什么去？"女人问。

"用凉水冲冲。去去火。"

人们的眼光由怜悯渐渐变得平淡了。天地间有许多大事，谁还老注意一家小人物的琐事。偶尔议论，有人说："上回死的是个闺女，这回八成是个小子，因祸得福。"也有人说："那么大的岁数了，谁知能生个什么？"

不管人们怎么说，乔先竹的肚子像发面似的鼓起来。她的气色比先前好多了，显出蚕要吐丝时的亮光，好像有绸子在她的皮肤下抖动。

女人慵懒地躺着。不仅是因为娇气，从骨髓里散发着疲惫。这种疲惫使她有一种神圣感。唯有殚精竭虑鞠躬尽瘁为某事耗过心血的人，才敢有这份神圣。

能尽的力量她都尽完了，剩下的就是听天由命。

事一到了听天由命的份儿上，反倒简单。

应该到医院去做检查了。女人不去。她说："医生有什么用呢？真有病他治不好。况且这不是病。"

老姜说："上回取环还不多亏了医生。"

女人说："那环原本就是他们放进去的，他们不取找谁！再说那也不叫病。"

男人还是不放心。他想说什么，又怕女人不爱听，就闭嘴。

乔先竹把男人的手放在自己肚子上，说："你摸她的头。"于是男人摸到一个水中泡着的篮球。女人的肚皮薄，是属于薄皮大馅的那一种。男人甚至摸到了一些凸起，他想那就是孩子的鼻子和嘴巴。他得意地告诉了女人，女人拍着他的脊梁说："你错了，那是屁股。屁股在上。"

"那么头呢？"男人吃了一惊。在这个家庭里，最怕头出什么事。

"头在下。"女人指点着叫他再摸。他摸到一个西瓜似的球体。他捅了它一下，它踊跃地跳起来响应，弹性十足。

"头总在下面，晕不晕？"男人设身处地地着急。

"等她长大了，你问问她。"女人难得地开玩笑。

"多躺着。无论头朝上还是头朝下，她都没事。"男人体贴地说。

"只要胎位正，没事。"女人胸有成竹。

女人像一块就要成熟的麦地，一天天由青转黄，沉甸甸地低着头。

生的征兆袭来极为突然。

那一天正在下雨。雨大得像有一万个女人同时死了丈夫，放声痛哭。女人临睡下的时候，男人摸着孩子的头说："你觉着怎么样了？"

"没动静。还没到时间。"女人很有经验地说。

世上没有两颗相同的黄豆。每一个孩子都是不一样的。可惜女人自以为比妇产科大夫还有经验。

半夜，女人觉着下身很湿，好像雨水已经从街上漫上了床。她忙亮了灯，看看身下，已是一片血泊。

她推一推丈夫。老姜像猫忽地蹿起，"是不是要生了？"

他问。

“这会儿有那么一点儿意思了。”女人平静地说。

“啊！这么多的血！”男人大惊失色。上一胎是早早送进医院里生的，送去的时候干干净净，回来的时候也是干干净净。医院把男人女人间这么重要的一件事给隔离起来了。

“这有什么呢？女人生孩子，原本就要流好多的血。你真是少见多怪。而且女人为了供孩子，身上的血多得不得了，要借这个时候放出去，不然要憋得难受。”女人微笑着解释。

看着女人宁静的脸庞，男人安心了。一个流了这么多的血的人，还能快活地说话，可见这血和平日的血是不一样的。

女人的宫缩发动起来了，频率密如防止野狗钻进的栅栏。女人不能微笑了，疼痛不给她喘息的机会。但她的精神很好，就是在痛苦中也是生气勃勃的。疼痛像海浪有规律地涌动，每一次退却都蕴藏着更凶猛的反扑。

“到医院去吧。”男人问。

“可是……我们怎么……走……呢……”疼痛像一个个删节号，穿插在女人简短的话中。

城市的夜幕被雨枪射出无数的窟窿，“个”字宿舍区水深没膝，女人是断然不能走的了。到厂里去叫车，是唯一的法子了。只是女人这里又离不开。

“你先把司徒大妈叫来吧。”女人沉着地指挥，“不行我就在自家生。”她做好了最坏的打算。

男人冲出去。

“拿好伞。你可别冻着。”女人再三叮咛。

伞根本就张不开，男人顶了张塑料布，淹没在黑幕中。

女人突然觉出孤独。其实男人待在身边也没什么用，生孩子是女人的专利。但一个毫无用处的人待在身边也比没人强。

她觉得孩子从她的身体里奋力往外爬。她像一层薄脆的鸡蛋壳，绷住了那颗跃跃欲出的头颅。她真想帮她一把，就拼命往下鼓气。

那颗圆滚滚的头颅得了助力，像鲤鱼似的猛一跃，女人听到了响亮的撕裂声。

乔先竹挺奇怪：是什么东西扯开了？这么不结实？她吃力地撑起身子。看到铺的褥子红光灼灼，布毛由于黏稠血浆的滋润，一撮撮耸立着，好像那是一幅质量很好的红毡。

血的汹涌澎湃多于她的想象。但是她丝毫没有虚弱的感觉。她想这没什么可怕的，上回因为一直躺着，才没看到这么多的血。

在腿间血泊中，她看到一缕黑如柏油的物件。在这个像笔锋一样柔软的东西两侧，有火红的溪流无声地推着波浪。在这两条红蚯蚓之下，是像蒜瓣一样翻卷的筋肉。

这是怎么回事？

女人偏着头想了想。她突然觉得自己的脑袋很沉，需要架在肩膀上才能想明白。啊！她一阵狂喜，迫不及待的孩子用头颅把生命之门撞碎了，她急着要来看看这个世界。

孩子！你好有劲啊！你要再加把油，冲出来就能见到天日了。

孩子仿佛听到了她的呼唤，拼命往前拱。

女人非常抱歉自己的皮肉太坚韧，给孩子冲决罗网造成了极大的困难。她把双腿张得如同巨大剪刀，好给孩子前进的路减少阻碍。血就奔涌得更畅通无阻。孩子的胎发像煎炸过火的糕团，变成焦灼的褐红色。

男人从雨里潜回来："邻居去叫了，医生就来。来了就好了，你别怕。"

"已经看到头发了。"女人自豪地宣布。

"别说话。你好好躺着，千万别说话。"司徒大妈颤巍巍地说。她分明看到女人说的每一个字，都像按动开关，血一股股溅落。

那缕胎发像火焰，渐渐增大。女人顾不上说话了，呼呼像电扇吐着气。

孩子的娩出并不是像蛇似的一寸寸往外爬，而是蜷着身子，像被架在巨大的弹弓上，女人一憋气，就像拉动钢弦，孩子箭一般地弹射而出，前进一大段。

现在孩子最宽的两耳卡在产门的峡谷，犹如鸡蛋要通过蛇颈。这是生产中最险恶的关口。

女人突然觉得舒适，宫缩骤然停歇，好像风暴退去的海滩，平静得纤尘不染。宫缩是一种强制给你的——迫害你的力量，它把你身体里的一部分调动起来，凶狠地同你的整体对抗。子宫在这种非常时刻，是君临天下的威王。它不听命于任何人，只服从那个黑暗中的孩子。子宫是女人全身的叛徒，它独往独来，天马行空。

现在，不知是什么原因，宫缩停了。

女人立即合上眼，很安详的样子。在剧烈的重体力劳动之后，她累了，恬然入睡。

“哎呀！你不能睡！你可不能睡啊！孩子卡在那里，上不去下不来的，鼻子都压扁了！再夹下去，你这十个月的苦就白受了！你就是咬碎了牙，也要再使把劲！听我的话，使劲！”见多识广的司徒大妈也慌了，拼命做出憋气拉屎的样子，在她遥远的记忆里，孩子就是这样生出来的。

“我累了……”女人梦呓般地说，“让我睡一会儿……等我一觉醒来，就有劲了……”她的声音轻得像优质羽绒，脸因为失血，苍白如乳胶。

女人无可遏制地睡去。

“这可怎么办？怎么办呢？”男人六神无主。他的孩子——不知是男孩儿还是女孩儿，头皮已变成青紫。眼睛紧紧地闭着，使人怀疑里面是否包裹着眼珠。

门开了。袁大夫走进来。

“医生！我的老婆！我的孩子！”老姜搂着大夫。大夫浑身精湿。“个”字宿舍区道路太狭，车进不来。别说是救人，就是救火，也毫无办法。

袁大夫只看了一眼，就知道事情远比他预计的要严重得多。

所有的血液都不凝固，像桃花一样鲜艳。男人和司徒大妈当然没发现危险，他们大叫着：“孩子快憋死了！”

大夫把男人拖到炉子边，这是小屋里距床最远的地方。男人预感到了什么。他说：“您甭问我是想要大人还是想要孩子，我都要！都要！”

他的眼睛像两块红煤，好像这一切都是医生造成的。

袁大夫平缓地说：“不是，我不是要同你说这句话。我要告诉你的是：孩子不用保，也会在的。最多不过是得场感冒，这屋子太凉了。大人却是想保也保不住了，你心里要有个数。”

说完，他留下男人在屋角发呆，走到床边。

他开始帮助女人。“使劲！”他先给女人打针，然后开始帮助女人。

“你别烦我好不好？我没劲。”女人说，她对医生又敬佩又厌恶，凡有他出现的时候，准没好事。真想一辈子不见他，可他们总要去求他。

“你不是一直都想要一个孩子吗？现在他来了。”医生温和地说。

“我知道她来了。”女人轻轻地笑了起来，“她早就来了，她逃不走的，这我比你有数。”

“但是如果你再不用劲，你就可能看不到她。”袁大夫严肃极了。

“医生！您别骗我，也别吓我。我知道我能看到自己的孩子。她多有劲！我怎么会看不到她？医生，虽说您挺高明，可这回您说得不对。”女人虚弱但是很顽强地说。

医生真是无计可施了。这个病人很清醒，清醒的病人最可恶。你难以欺骗他们，而欺骗是医生的常规武器之一。他把老姜叫到一旁，让他预备车把女人送到医院去。三轮车或是手推车都行，送到大路上，再上汽车。越快越好。医生离了医院，就是虎落平川。虽说病势已万难挽回，但医生并不死心。医生是一个充满幻想的职业，一面惨淡经营，一面浮想联翩。悲观丧气和异想天开总是纠缠在一起。

男人走了，女人竟没有发现。她现在除了感受自己，什么都不知道了。

“我已经看到你孩子的脸了，她同你死去的孩子是一模一样的。”百般无奈之中，医生冷峻地宣布。

女人怪叫一声，像闪电劈开咽喉。她暴凸双眼，颈子膨隆像插满了红蓝铅笔的笔筒。双手反撑着床板，胸部拱桥般耸起，好像她想用手臂代替脚掌，倒扣在地上走路。“哈——

哈——”她像一个日本武士似的有节奏地吐着气，声音类似凶猛的咒语。

司徒大妈看着孩子显露出来的半张脸，暗自嘀咕：我看着可不像。

血雨腥风。灿烂的红色液体像出炉的铁水，红而烫地倾泻。红毡已经饱和，低洼处聚起血的湖泊，随着女人的用力，某处稍一倾斜，血就冒着泡，变形虫似的伸出触须，蜿蜒而下，用闷而黏的声音敲击着老姜家粗糙的砖地。

那个婴孩终于诞生了。他驾着血的波涛，乘一叶红色小舟，翩翩莅临这个潮湿冰冷的世界。他的最后一跃，是被滚滚热浪射出生命之门的，犹如洪水暴发时的泥沙俱下。

婴儿亢奋的哭声，像一只只玻璃杯对撞击碎。

女人拼尽全力喊：“快抱来我看！快抱来！”

袁大夫看了婴儿一分钟。他用干布把孩子紧紧裹起来，像擎着一把火炬，在女人面前晃呀晃，仿佛女人是一个原始山洞。

袁大夫判断得不错。女人的瞳孔已开始散大，像个模模糊糊的水桶。她用尽残存之力，把仅余的血脉逼到两目之间。就像把牙膏皮里最后的膏脂涂抹到牙刷上，非但不见少，反倒绰绰有余。

女人的双眼显出灼灼光辉。

“你骗我。她不像我那个孩子。她像另一个人。”女人苦笑了一下，笑容像死水潭里的波纹，荡漾得很慢，久久地悬挂在僵硬的嘴边。

“像！谁说不像！和你原来的孩子一模一样！”医生大声地强辩。他知道女人快死了，分娩时孩子的羊水进了母亲的血液，血液就永不凝固。女人的血像沙漏就要漏光了。他不想再给女人增加丝毫的痛苦。

“你知道她像谁吗？”女人神秘地问。

“像谁呢？”医生没多大把握地说。他想把话题引开，但濒死的女人固执坚定，根本不服从调遣。

“像你的丈夫吧？”医生说。他仔细查看过婴儿，却没记住长相。一般凡人认为最重要的问题，医生们认为最不重要。

“告诉你，她像的那个人就是我。我不希望她像我，我这一辈子太苦了。”女人声若游丝，但很清晰。

“我好痛……痛……”女人突然把手指尖戳进褥子，血花迸散。医生急忙用听诊器去听，他听到擂鼓一样震耳的轰鸣。刹那之间，行医多年的他以为是惊雷响了。片刻之后，永久的沉寂才使他醒悟到：刚才的巨响，是那可怜女人心脏的最后一跳。

“好痛……”是好痛苦还是好痛快？没有人知道。女人的目光定定地凝结在双耳铁锅上，好像在问：我什么时候再用它做疙瘩汤？

别以为生命的衰竭拖着长长的尾音，袅袅不绝。它时常戛然而止，斩钉截铁。在惨痛的最后断裂之前，生命会负隅顽抗，破釜沉舟。

一切都无以挽救。

男人和一伙帮忙的人拥进来。“快去医院啊！”他疯狂地号叫。

“不必了。”医生摆摆手，“这是一种很少见的病，一旦发生，现代的医学是没有办法的。医院是治活人的地方，不会收她了。”

“她最后说了什么？她留了什么话给我？你们说！你们告诉我！”男人一会儿蹿到司徒大妈面前，一会又虎视眈眈地瞄着袁大夫。

“她没说什么……”司徒大妈不知该怎样回答这个红了眼的汉子。

“她去世的时候我在她近前。就我一个人。”袁大夫先解脱了司徒大妈，他知道在以后漫长的岁月里，老姜会一次次逼问不止。还老人一个安宁吧。

“她最后一句话是什么？”老姜困兽样狰狞。

袁大夫静如止水地说：“乔先竹的最后一句话是要你带好孩子，保重身体，好好过日子……”

老姜悲号起来：“我的妻啊……”

袁大夫忙把他们的孩子递过去。这个极小的婴孩用好奇的明亮的眼睛，严肃地注视着人们，仿佛在深思熟虑。所有在场的人都打了一个战栗：那目光太熟悉了！这就是血铺上的那个女人刚刚合上的眼睛里的光辉。

袁大夫不由得赞叹那个女人弥留时的聪慧。

在呼啸的风雨中，在辉煌的血光中，那个小小的婴儿——一个强健完美的男孩儿，肆无忌惮地哭叫着，呼唤着一个新的黎明。

术　者

制造伤口，在体表还有内脏，切开，然后，再缝起来。这就是外科医生的职责。

伤口的内部还是伤口。一旦留下，就是永久的痕迹。即使是皓月当空，依旧隐隐作痛。在所有淫雨和阳光不强烈的日子，伤疤爬动。

那孩子在我的记忆中，是一摊红水母。

他的母亲在远方漂泊着，我只看得清她的眼，记不得她鼻翼以下的任何标志。

女人的眼泪像阿拉伯树胶，从睫毛的缝隙处，弧形泌出。

我是术者。

“术者”是一个很易发生歧义的词，以为手术室里躺在白白的帐单下接受刀锋的人，名叫“术者”。其实他们是“受术者”，只有双手沾满血迹，站立在手术床旁的人，才是“术者”。

“你不适合做术者，石若溪同学。你太瘦太矮，只能剪剪绸缎，不能剪人的皮肤。你的胳膊，细得像止血钳。见了血，你可能会晕倒。总之，你不行。他行。”

外科主任薄亦冰说。

他手里把玩着一把最小号的手术刀。刀锋轻如柳叶，刀柄沉重地坠下，刀尖无意识地直指我的眼睛。一个银色的光斑在刀刃下滚动。看不见的巨兽被切割出血。

我示意外科主任把刀递给我。他竟服从了。

“以为我不知手术刀的分量吗？”

我掂起那把刀，柄上残存着老年人的体温，一种枯涩的热。

我很随意地把刀子插进自己左腕的内侧，是顺着手臂的长轴切下的。这样，所有的肌肉纤维都保持完整，就像顺着竖琴的弦抚摩了一下，不会遗下久远的损害。

血流出来的速度比我预料的要慢。

我很生气，把刀尖呈一个角度，搅了一下。一根小血管叹息样地响了一声，绷断了。

小股血浆飙出。愤怒使我的皮肤干燥，凉润的血液敷在汗毛孔上，谜一般的舒适。

我把刀尖提起来。曲线柔和的不锈钢刀尖，拉起一根血的黏线。

我沉着地把刀锋拭得明净如银。

薄主任宁静地看着我操作，怡然欣赏一幅油画。

“我晕车。但是，我不晕血。”我说。

“看到了。”薄亦冰说，“在我从医40年的生涯里，还没有看到过像你这样傻的女孩子。”

他说着，拿起一包止血粉，像给婴儿扑痱子粉那样，糊在我的伤口上。然后说：“你切的深度不错，留不了疤。”

我说：“当然，我在医学院成绩优良。”

薄亦冰点点头说：“曾海卓，为她缠绷带。”

侍立一旁的曾海卓很熟练地操作起来，但我感到他的手发出羽毛样的震颤。

“但是，你的血打动不了我。自杀的人流的血比你多，可他们并不能成为好的外科医生。”薄主任说。

“我并不想打动您。我只是被我的想法胀得难受，放血是一种古老的中医疗法，这您知道。”我说。

“你为什么如此喜欢外科？”

“我喜欢刀子切割皮肤，再用羊肠线把它们连缀成完整一片的感觉。那是一种艺术，在镂空的皮肤上作画。”

“谢谢你打了一个可怕的比喻。我干了一辈子，还没听到过如此赞美这个行当的。你给我的印象不错，可是我不能收下你。

“小姑娘，你太柔弱了，外科医生是重体力劳动者，比性交、拔麦子、脱土坯都要繁重得多。长时间地站立，你的胃就像尼龙网兜，越抻越长，直到坠进骨盆。为了你以后能嫁个好男人，你不能学习外科。赶快回到医务处，找那个老处女主任，要她把你改分到皮肤科或是耳鼻喉科。那种精巧和细腻，同你这样的女孩儿正好匹配。你就说是我说的，她无法拒绝。你的性格打动了我，我几乎不愿意放你走了。所以，快走。我很快就会改变主意的，外科医生，说变就变。”

我站着不动。

“石若溪，你为什么还不走？”薄主任几乎咆哮。

“等着您改变主意。”

“我不改变主意。我已经把所有的话都告诉你了，这就证明我绝不会改变主意了。”澄清的空气被煮熟了，混浊包围着我们。

我看了一眼曾海卓。

我不希望他说话，甚至不希望他在场。但是我没有办法。他现在已经不是学生了，而是被接纳的外科医生了。

而我不是。

我不知道还能寻出何种理由，说服这个倔老头儿，真想把手术刀刺入他的左胸。左侧肋骨第四肋间，是心尖的部位。

他的心里，一定汪着一团凝固的瘀血。

诅咒使心平和下来。

我说：“正是为了我以后嫁个好男人，我才要留在外科。”

说这话的时候，我并没有非常明确的意思。可这些话一旦说出来，就有了非常明确的意思。

曾海卓看了我一眼。

他的神情使我记住了自己的这句话。

薄主任一下子沮丧起来，说："真见鬼，天下竟有这样的男人？就不怕女外科医生梦游的时候，把他给杀了？不管怎么说，我喜欢敢娶外科医生的男人。为了你的男朋友，我收下你了。好吧，结婚的时候，别忘了请我喝许多红樱桃酒。万一你后悔了，就用手术刀把你的男人划得遍体鳞伤，而不要骂我这个好心眼儿的老头儿。"

医院的食堂，大得像剧场。我掏出钥匙打开我的碗柜，从略有些腐朽的木头味儿里，拖出我的碗。

新鲜莲藕的香气。我想：这一定是我碗柜下方的邻居，没把碗刷干净。

今天主任执刀一台大手术，我作为他的第一助手，善始善终。

缝好皮肤的最后一针，已是黄昏时分。食堂所有的精致菜肴，都转移到旁人腹中。

每一次手术之后，我都成为饕餮之徒。这使我对新鲜莲藕的味道深恶痛绝，因为它是我最爱吃的一道菜。

我把碗藏在距柜口很遥远的地方，比较安全。我的手指抠住了碗的边缘，随手一拽。手指遇到了黏滞的沉重，只使碗的边沿倾斜，却拖不动那个碗。我以为被手术耗尽了气力，就很悲哀。当然这只是一瞬间的事，我向指端传达力量，碗就很容易地暴露在光天化日之下了。

那只碗里盛满了新鲜的莲藕。

我把莲藕嚼得咔咔响。荷花的原始汁液浸透牙齿的每一道缝隙。

胃饱满之后，大脑才转动：这玩意儿如何糖醋到我碗里的？四周环视，他向我微笑。男人不该有那样灼目的白牙。

我说："曾海卓，今天没你的手术，怎么也来得这样晚？我的莲藕原想分你一些，可惜现在已经污染。"

他走过来。

一个年轻的小护士端着碗吃饭，从碗的上方窥视我们。长长的睫毛扑闪不停，远远看去，好像一碗都是眼睛。

他说："我不怕污染。"就要接过我的饭碗。

吓得我连忙把最后的莲藕往嘴里扒拉，含混着说："我很小气，让你吃只是客气话，你怎么就当真了。"

曾海卓说："你犯了一个错误。"

我说："不让你吃是为了你好，也许我正是乙型肝炎潜伏期。"

他说："我说的不是这个。你知道是谁给你打的菜吗？"

我说："不知道。也许有仙女什么的，不过按照异性相吸的原则，她应该给男士打菜才对。也许是打错了，碗柜都很相像。”

他说：“一碗菜就让你这么感激涕零吗？你在外科薄主任面前的英气怎么荡然无存？”

我说：“那不是英勇，是威胁。只有软弱的人才常常使用威胁。”

说这些话的时候，我都垂着眼睛。我没有正视曾海卓。因为他高大潇洒学业优秀，医院的女孩子都把他当作白马王子。

医院是一个宠坏男人的地方。

我的头脑冷静得像第四纪冰川，但我不能对抗体内的荷尔蒙。性激素使女孩儿在英俊的男人面前眼热心跳，眼睛会出卖我心中的秘密。

只要低着头同他对话，勇气和信念就都属于我。

“你真的不想知道是谁给你打的菜吗？”曾海卓说。

“既然你这么迫不及待地问我，那就是你了。我本来以为你还会做个无名英雄什么的，看来我高估了你。不过，别伤心，我会投桃报李的，假如你下次手术误了饭，也会在碗柜里发现糖醋莲藕的……”

“哎呀，石若溪，求求你。莲藕是我最不爱吃的一道菜了……你就打梅菜扣肉好了。”

“不平等条约。肉比菜要贵得多！”

他说：“我会加倍还你的。”

我不想进行这种谈话，急转话头：“你怎么知道我爱吃莲藕？”

“观察。对一个外科医生来说，只要认真，没有什么是了解不到的。比如说，我还知道你从小父母双亡，孤身一人读书很不容易。我知道你学习成绩非常优异，立志成为一名优秀的外科医生。我还知道你所说的什么男朋友的事，并不是真的……你没有男朋友，没有！”他突然激动起来。

“曾海卓，你详细地了解了我的既往史、家族史，甚至包括个人史，好像我是你的一个癌症病人。”我抑制住自己心灵的震颤强硬地说。

“被人当作病人是一种幸福，我说的是当作，而不是真的。你如果觉得不平衡，就把我当作你的病人好了，也问我的历史，我会从我爷爷眉心有一颗富贵痣开始，一直讲到我近来为了一个倔强的女孩儿失眠……”曾海卓温情脉脉。

远处那个眼睛重叠的护士，把碗重重地蹾在桌上。

我说：“我吃饱了，告辞。”

曾海卓说：“我同你一起散散步。”

我说：“我累了，手术是一场马拉松。”

他说：“临睡前一次快步行走，其效果相当于两片安定。”

我说：“我没有那种富贵优雅的毛病，从来不用安眠药。”

他突然火了，说："没有一个女孩子这样对待过我的邀请！"

"啊哈！你终于露出马脚来了。你觉得屈尊为我打菜，我就该顾盼生风；你调查了我的身世，我就该受宠若惊；你邀我散步，就更是我三生有幸了？曾海卓，你错了。"

我看着他的眼睛说。

他也直盯盯地看着我。

我们好像前线对峙的士兵，对视黑洞洞的枪口。

我们都开了枪，可我们都没有倒下。

"你终于抬起头来正眼看着我说话了。你的眼睛真亮，尤其在它发怒的时候。我还没有看到一个女孩儿的眼睛，这样为我而明亮。"

那个女人像一株奇怪的老树。怀里的孩子痛苦地挣扎着。

我像西班牙斗牛一样兴奋起来。病人是红绸子，病得越重，我的兴奋越甚。

我为孩子做了种种的检查。经过磨炼，我已经是可以独立手术的医生了。但我从那老女人眼里明显看到了不信任。我太年轻，医学是白发苍苍的事业。我应该去整形外科美个容，把自己的眼角镶上皱纹，鬓发染成灰白。

"孩子叫什么名字？"我问。

"棒槌。"女人回答。

我甩甩蘸水钢笔说："我问的是大名。"

"他没有大名。他只有1岁，不知道能不能养活得住。等养到能念书的时候，先生才会给他起个大名。"

棒槌刚开始哭闹得很厉害，像红狐一样在他的母亲怀里上蹿下跳。后来阴沉地乖下去，合着眼，快速地喘息。

他的肚子鼓着，有一截像腊肠样的东西，在他的皮肤下游动。我用手指轻轻触碰，棒槌就撕裂般地号叫起来，好像我对他施了炮烙。

"他的肚子里有神虫。"棒槌母一只眼大一只眼小惊惧地说。

"你有什么根据？"诊断已像恐龙蛋似的在我的脑中孵育成形，但我不愿放过任何补充更正它的机会。

"以前也这样闹过几回。每次都像狂风一样，来的时候昏天黑地，走的时候悄无声息。犯病的时候不打屁。一打屁，一股黑气跑出来，病立马就好了。那虫现在就在娃的肚里，您给下点儿打虫子的药吧。分量重重的，一下打断那虫的七寸，就再也不敢害我娃了。小大夫，俺求您！"

"我不是小大夫。我是石大夫。"我说。

"噢！小石大夫。"

棒槌的肚子又鼓起来了，可怕的肠形狰狞凸现，像一只巨眼，藐视地凝眸于我。

"你的儿子患的是肠套叠。"我说。

“什么叫‘套叠’？肠子怎么会套叠？”她嚅着嘴。

我拿起桌上一截红蓝铅笔，又在笔筒里拣出一个笔帽，我把笔帽套在铅笔上，红色笔端就隐进笔帽，遮没不见。

“喏，这就是套叠。”

我把红蓝铅笔递给棒槌母。棒槌母愤怒地把红蓝铅笔从笔帽里拔出来。用力过大，红色的漆皮刮掉一缕，露出松软的木质。

“我不信！好好的肠子为什么会套叠？”

棒槌被他的母亲从昏睡中惊醒，淡漠地看了我们一眼，就又合上眼睑。

我不寒而栗。

古道一般荒芜。一个婴孩，怎么会有如此残旧苍凉的目光？！

我急急地说：“也许把肚子打开以后，我们会把事情搞清楚。”

棒槌母说：“你说要把谁的肚子打开？”

我说：“棒槌的。”

棒槌母说：“那不是杀了棒槌吗？”

我说：“不是杀，是救。我们会把他的肚子再缝起来，长好了会和新的一样。”

棒槌母说：“谁来做这个活儿？”

我说：“我。”

棒槌母说："你有孩子吗？"

我说："没有。"

棒槌母说："等你生了孩子以后，再给棒槌做手术吧。我不想让你在棒槌身上练针线活儿。"

棒槌的生命危在旦夕。我去找薄亦冰主任。

"这名字很好。"薄主任看了孩子的肚子一眼。只一眼，就再不看他，然后轻描淡写地说。

"他爹起的。"

"他爹呢？"

"死了。"

"噢。"薄主任停了一会儿接着说，"棒槌是人参的意思。珍贵，我的孙子比棒槌还大。"

"哦。"这一次是棒槌母若有所思。

"要是我的孙子得了肠套叠，我就让他手术。"薄主任说。

"是您自己给他下刀子吗？"棒槌母问。

"不是。医生是不能给自己的亲人做手术的。"

"如果是您给棒槌做手术，我给您磕头。"棒槌母说着，膝盖的髌骨就要打弯。

主任年纪大了，已很长时间不上手术了。他说过，要在适当的时机，做一台漂亮的手术，作为一个术者的告别演出。

"好的。我来为棒槌做手术。"薄主任说。

第一术者曾海卓，第二术者石若溪，助手薄亦冰。

手术通知单上这样写着。

棒槌母笔直地挺着腰板，端坐在手术室外面的长椅子上。几个小时纹丝不动，好像手术床架在她的背上。

我和曾海卓穿着洁白的短袖手术衣，用肥皂液刷手。在酒精桶里，浸泡5分钟。两只桶靠得很紧，我们目光炯炯，无可逃避。“为什么要我做第一术者？”曾海卓问。

“主任排的顺序，说明他更器重你。”我说。

“我愿意跟你调换，由你来做第一术者。”曾海卓说。

“为什么？”我诧异。医生都愿意做第一术者，这相当于乐队的首席小提琴家。

“为了让你多一次锻炼的机会啊。你给孩子做过手术吗？他躺在那里，小巧得像一只山鸡。缝他的肚子，一定如同缝一个精致的荷包那样有趣。”

我的心动了。婴孩是手术的微雕。

“可是……这是主任的安排……”我迟疑。

“你以为那老头儿真的会蹲在手术室里？他不过是把棒槌妈妈蒙过去就是了。这个手术有我们两人就足够了。”

曾海卓说着把胳膊从酒精桶里提出来。

“喂喂！你泡手的时间不够！”我叫道。

“战争的时候，根本就不消毒，用酒精擦擦手指缝就动刀子了。”

曾海卓老练地甩着手，好像已经历过几次大战。

戴上浅蓝色的口罩，吸进的蓝空气有一种闪电的味道。被酒精泡得发酵的双手，裹上细腻的滑石粉，装进半透明的乳胶手套。最后由护士从背后系上橡皮手术围裙的带子。

我讨厌那铅桶般沉重的橡皮围裙，它使人像屠夫。但护士坚持我们使用，说是万一遇到大出血的病人，会使医生的内裤都被迸溅的鲜血浸透。

无影灯像没有及时打杈的葵花，高高地弯曲着，开出一大簇小而紧密的花蕾。柠檬黄色的灯光笼罩出苍凉的原野气氛，那个小小的孩子已经躺在手术床上了。

棒槌使白色的手术单隆起一个小丘，好像残冬里最后一捧没有化尽的积雪。他已被麻醉师施了全身麻醉，静静地躺着。

一个身影，伏在那里用圆钳消毒术者的皮肤。

啊！是薄主任。

“主任，您怎么来啦？”我和曾海卓异口同声。

“我是助手，当然要比术者来得早。”

曾海卓乖乖地站在第一术者的位置，准备手术。

各就各位。我站在曾海卓对侧。

我最后看了一眼棒槌。只有在第二术者的位置才可以看到麻醉中的病人。他面色深檀，眼竟是微微睁着的。麻醉取消了他的痛苦，眼神是空旷的平和。

曾海卓执刀的手势很漂亮，像正待挥毫的书法家。

壁立的刀锋，正欲戳下，薄主任说：“海卓，你的腕力准备得太充足了。这是一个婴孩，若是平时这一刀的力量像写牌匾，此刻只需用羊毫小楷的力量。切记。”

棒槌的肚子像熟透的香瓜，訇然裂开了。红色肠管宛如一束捆得太紧的稻草，骤然间失了约束，从刀口膨胀而出，摊洒一床。

曾海卓套了手套的巴掌，几乎可以把棒槌的心肺一把捏住。我们做惯了大人的手术，此刻就如大象进入瓷器店，每一个动作都显得愚蠢。

终于，套叠了的肠管暴露出来，像一段腐败的红萝卜，血腥地膨胀着。

我一阵狂喜：“啊，诊断正确！”

主任突然一个趔趄，倚在无影灯上，花冠摇动。手的飞轮般的影子，血的流沙般的影子，肠的钢管样的影子，交错着，摇曳着，混淆成朦胧的瓦灰。

“主任，您怎么了？”我们赶快用消毒巾盖住棒槌敞开的腹腔，急着问候薄主任。

“我老了……眼花了……手也颤抖了……我无法再做手术了……这就是我最后一次上手术台了，这就是我的封刀之作……”

“主任，这怎么能是您的封刀？您的最后一刀，应该是锯开颅脑，取出一个巨大的肿块；应该是切开胸腔，修补一颗残缺的心脏；最起码也应该是从骨髓中剔出转移的癌瘤。怎么能在这个小小的孩子身上就封刀了呢？而且还只是助手！”

曾海卓大惊。

薄主任惨然一笑说：“术者，就是做手艺活儿的匠人。我今天既然连这么一个小小的手术都支撑不下来，就不能算一个合格的术者了。”

我们默然。

薄主任倚着灯柱休息了一会儿说：“你们把套叠的肠子用温盐水热敷半个小时，假如依旧是这种暗淡的紫色，就把它切除，然后缝合。就像苏绣当中的双面绣，每一针都不得出差错。他很小，还要活很多年。直到我们这些术者死了，我们做过的刀口还活在人间。不要让后来的术者笑话我们。”

我们连连点头。薄主任离开了。

我和曾海卓依主任的指示，把温热的湿纱布，捂在肠子上。纱布凉了，就换一块新的。

等待。半个小时。其他人员都暂且离去，只有我们孤守着渐渐冷却的纱布。

“主任走了，我们可以交换场地了。”曾海卓朝我眨眨眼睛。

“不行。这是主任最后的吩咐，我不想违背他的意愿。”

“要是我求求你，你会帮助我吗？”

“求我？为什么？”

“我一会儿有一场篮球赛，我是中锋。今天我本是什么手术也不安排的，养精蓄锐，想赢一个冠军。不料你搞来了这个孩子，主任非要让我上台。现在离球赛开始还有一个小时，我们快些做，好吗？”

他说这些话的时候，只有我一个人。

不。还有一个人。

就是那个手术中的孩子。

我看见他睁着眼睛，我知道他听到了我们所有的话。

教授的戒指

一

“屈侠，你的陶教授挺怪。明明有一位如花似玉的少夫人，为什么还要把戒指戴到中指上？”朱提说。

“戴中指上怎么啦？又不是往卖身契上按手印，还非得用二拇哥。你不是也戴在中指上了？街上偶然碰上，我敢说你连教授脸上的老年斑都没看清，就注意到了戒指，还有如花似玉……女人啊，真是女人！”屈侠装作感慨地说。恋人吵架斗嘴，是感情最好的黏合剂。

“喂！屈侠，你是真傻还是跟着教授做学问做傻的？戴在中指是待字闺中的表示，已婚的人是要戴在无名指上的，你知道不知道？亏我晓得你们教授的底细，要不然还以为他在施放求偶信息呢！”

“朱提，不许你信口开河。”屈侠正色道，“教授是医界圣手，是我非常尊崇的导师。你若成为我的妻子，就要恭恭敬敬地对待我的老师。就连他那位美丽的夫人，你也要尊称她为师娘，不可造次。”

“屈侠，现在是什么时辰？”朱提问。

“21 世纪的 × × 年 5 月 10 日的下午 5 时 10 分。”

“噢，你还蛮清楚的。那为什么还要用一个世纪以前的老古董要求我？”朱提撇嘴。

“不是老古董，是国粹，古老传统美德。你知道陶教授那双手，挽救过多少人的生命！”

“我们不要每次约会都谈你的教授好不好？”朱提娇媚地说，“屈侠，说点儿富有诗意的话嘛！”

屈侠说：“别急，我已经安排了跟你说诗意的话的时间，马上就轮到了。现在我要向你讨教一个学术上的问题，请帮忙。”

“讨教？不敢当。你是医学泰斗的博士生，我不过是个女职员。就像轻量级和重量级的拳击比赛，不可同日而语。”

“你听我说完。你当然对医学是一窍不通，可你在别的事上伶俐得很。比如女人的服装发型？是不是！我的小姑娘？”

“那倒是。可我想不通这能帮你什么忙。”

“你能帮我一个大忙。”屈侠两眼熠熠生光。

“什么忙？”朱提也来了兴趣。

“帮我做一次私人侦探。”

“什么？我？私人侦探？侦察什么？是不是你以前的女朋友的近况？”朱提闪着一只双眼皮一只单眼皮的大眼睛，觉得这是今晚上最美妙的一道菜了。

“我只有你一个女朋友，朱提，我跟你说过了，不要把浪漫的情调带到严肃的学术问题里来。”

“好吧。说吧，侦探对象是谁！”朱提竭力把美丽的脸庞绷起来，这使她的眼睛显出天真的诡谲。

“教授。”屈侠简短地吐出这两个字。

“哪位教授？”朱提问。

“还有哪位教授？就是我的导师陶若怯教授。我对其他的教授都称呼姓，比如张教授、李教授。唯有对我的老师，省略了姓，犹如我们称呼自己的爸爸妈妈不带姓一样。”屈侠很郑重地说。

“噢！屈侠！我更爱你了！”朱提说着，在屈侠的颊上吻了下。

“我想你的正常反应不应该是这样的。”屈侠喟叹，“女人怎么从什么事上都可以飞快地联想到爱呢？”他用餐巾纸抹着腮帮子上的口红。

“侦察自己的老师，我当然大吃一惊了！这么惊险的主意谁能想得出来？只有你！我的屈侠。世界上的一切都和爱有关系。现在我们来谈正事。你每天跟他形影不离，他的一举一动都在你的监视之下，我不是画蛇添足吗？”

“你可不是蛇足，是火眼金睛。我的设想是这样的……”

鸽血红的葡萄酒在空中碰响。

二

丹岚夫人端上陶若怯教授的早餐：夹黄油的窝头片，掺了奶粉的豆浆，还有几块没有辣椒的四川榨菜。没有辣椒当然不能算是四川榨菜了，只是不知道叫它什么名好，姑且称之。榨菜买来当然是有辣椒的，因教授体弱，辣椒易上火，就被丹岚夫人用纤纤素手洗去了，丹岚夫人看上去只有三十几岁，但照顾起教授来，周到得像个老妪。

教授的胸腔发出金属样的咳嗽。

“今天风这么大，你又咳得这么厉害，在家歇息一天吧。”丹岚夫人轻声劝说。

“不行，今天是我出门诊的日子，许多人是不远万里赶来就医的。在这个世界上，你可以骗任何人，但不能骗病人。”

“教授，这等于说您不会骗任何人，我们每个人在他一生的某个时刻都会生病，都是病人。”

“是的，但这并不包括你。”教授不耐烦地说。

丹岚夫人默默退去。教授只有对待病人的时候才和蔼可亲。

教授穿上雪白的工作服，因为他很瘦很高，下摆仅垂到膝盖上方，这使他显得有些滑稽。其实完全可以定做得长一些，但教授说不必了。我的个子大约二十岁时就长成了这个样，那正是我开始行医的日子。没有人会为一个普通医生定做工作服。在以后半个多世纪的漫长岁月里，我已经习惯了它像一条超短裙，如果你们现在坚持要给我换一件长大褂，我会被它绊倒的。

教授在走廊里被一位白发苍苍的老婆婆拦住了。

“先生，我要看看你的病……”老太太确实够糊涂的了，说话也颠三倒四的，教授有什么病需要她看！

“老婆婆，您要先去挂个号的。”紧跟着教授的屈侠说。

“号早就挂完了，小先生。老先生，我是大清早从老远的地方赶来的，我的儿子已经死了，要不然他会陪我半夜里就来的……”老婆婆的拐棍杵倒了一个痰盂，污水流到她的脚面上。

“屈侠，你去对挂号的人说，就说我是自愿地为这位老人加个号。要是那个呆板的机器人又说出我的身体之类的话，你就绕开它那些可恶的程序，把病人直接带到我的诊室。”教授边走边说，并不停留。

医院的走廊很空旷。一般的病人都是在家里用电脑直接从医疗中心取得诊断，然后机器人送药上门。只有那些险恶而又复杂的疑难病人，才会来面谒医生。

屈侠把老妪安顿在候诊室，温和地说："老妈妈，看病是按先来后到的顺序的。只有请您多等一些时候了，很抱歉。"

老奶奶吧嗒着嘴，露出一口白牙说："能看上大夫就行。真没想到，医院这儿比商店还挤……"

屈侠摇着头说："您应该想到的。想不到您这么大年纪了，牙齿还这么好。"

老妪说："年轻人，这是假牙。如今什么都能以假乱真。"

"医道不能。"屈侠转身回到教授的诊室。他要寸步不离地守在教授身边，观察教授怎样诊病。

教授在世界医学界享有盛誉。无论多么扑朔迷离的怪病，只要教授的右手一摸，就能拿出诊断意见。俗话说：对症下药。知道了是什么病，就不愁治了。教授已近老年，技艺愈发炉火纯青。他不保守，每年广招研究生，基础知识的考试极其严格。有幸成为教授的弟子，青年人都欣喜若狂。可惜的是，这么多年，从教授身边就没有毕业一名学子。这不，跟屈侠一起入学的师兄师弟，全被教授淘汰了，屈侠如今可是三亩地里一头蒜——独苗一个了。

"尽管你懂得所有的中西医学理论，但你还远远不是一名好医生。"教授曾说。

“是的。我知道医学是一门同人类历史一样古老的学问，它有时很严谨，已经解剖到细胞分子亚分子水平。有时候又很朦胧，大而化之得像一团迷雾。好的医生是风浪中的船长。”

屈侠说完后紧张得不行。因为教授平常所说的话，不知道哪句就是对你水平的测验。他要觉得你不配再当他的学生，就会客客气气地请你到他家去吃饭。

“我夫人做得一手好菜。”教授心平气和地说。饭后就将你逐出，并不说明原因。

“不怕天不怕地，就怕教授家的席。”这是师兄弟们的临别赠言。

教授没有请屈侠吃饭的意思，说：“做一个好医生是很苦的。”

屈侠说：“一个人的苦，可以换得许多人的欢乐，我想还是很值的。”

教授说：“要有爱心。爱心和爱情是不同的。爱情只是对某一个特定的异性，爱心则要持久广阔得多。你还要研究许多领域，比如电子技术……医学是一个广泛交叉的学科。”

看来教授在短时间内还没有把屈侠轰走的意思，可他也并不传授给弟子什么经验。只让你看，不给你讲。屈侠觉得自己就像旧时木匠铺里的小学徒，师傅让你打眼你就打眼，师傅让你接棒你就接棒。至于手艺，凭你自己摸索去吧！

一年就这样白白耗费了。屈侠一赌气差点儿想拂袖而去，可是教授的医术对他的诱惑实在是太大了。

每个病人都是一口紧闭的箱子。尽管在电脑屏幕上可以把人肢解为一堆散件，提供像行星运行轨道一样庞杂的数据，给你打出超级市场账单一般的诊断证明，但它还是有百分之一的误差。这是一个可怕的比例。

每个生命都是一个单独的世界，是一个完整的百分之百。谁摊到了这个百分之一，就是万劫不复的灾难。全世界人口已经达到一百亿，百分之一就是一个亿！

况且你想啊，连电脑都被蒙住了的病，定是充满探索的奥秘。

卧薪尝胆也得留下来呀！

今天的第一个病人是轮椅推进来的，枯瘦若木乃伊。屈侠几乎立即断定他是癌症晚期。

“先生的肚子里有一个不名肿物，条索状……不是炎症，不是肿瘤，不是寄生虫，不是……”他的随行人员递过来的电脑资料长达一千页，像一部惊世骇俗的长篇小说。

所有的报告单都说不清他到底得了什么病，可连小孩子也能在肚皮上摸到那个像热狗样的赘物。

“先生什么饭也吃不下去……”随从毕恭毕敬地说。

病者是一个大人物，屈侠敏感地判断出来了。身份会使医生莫名其妙地紧张，在格外的谨慎中延宕了病情，使情况愈发复杂。

教授伸出右手，就是中指戴有戒指的手，那真是一只古老又廉价的首饰，好像是镀金的，上镶一粒红玛瑙雕成的相思子。

也许戒指背后有一个缠绵悱恻的爱情故事，屈侠想。

由于他这一走神儿，陶若怯教授已经完成了他的诊断过程，松开了病人芦管似的细胳膊。

“请准备一颗微型中子炸弹，爆破半径在 650～960 微米。”教授命令式地说。

“您要谋杀我吗？”病人虽然极端虚弱，还是不失威严地说。

“不，我要拯救你。”教授说。教授对病人从来不用“您”。面对高官重爵，显出居高临下的傲慢。

“用炸弹吗？”病人看了看随从，随从围拢来。他病入膏肓，仍有逼人的震慑力。

“是的，用炸弹。”教授明显地露出厌烦之色。他讨厌病人问长问短、喋喋不休。

“我可以在您使用这种非常规的治疗手段之前，知道我的腹腔里即将被你炸掉的这座建筑物是什么吗？”病人说。

“可以。不过我一般只同家属谈病情，怕病人的神经经受不起。”教授略踌躇了一下。

“先生一直亲自掌握他自己的病情，因为这对国家是很重要的，您尽可以直说。”随从小声说。

教授说：“好的，那么我告诉你，它不是什么建筑物。如果你坚持使用这个比喻，那它就是……”教授斟酌了片刻，“一间厕所。”

“您这是什么意思？”骨瘦如柴的先生用最后的气力勃然大怒。

“我的意思再明白不过了，你的肚子里的那块货色，是粪便。”

啊！连屈侠都几乎惊叫出声。

先生的脸色像是听到了大战爆发的消息。“粪……粪便？！”他惊愕地连连重复。

“您知道先生是谁吗？教授！”随从恶狠狠地问。

“我不需要知道他是谁。他是病人，这就足够了。”教授淡淡地说。

“不要吓着教授。把我当平常人来医病，最好。到底是怎么回事，还请教授详细讲讲。”先生毕竟有些大将风度，又知道了肚里不是癌，心情就好起来。粪便就粪便吧。

“你小时候有一次空着肚子吃了不少黑枣，后来肚子就有些胀，过了一段时间就好了。黑枣与你的肠液结成了小小的结石，像一株有生命的植物，在漫长的岁月里不动声色地长大。在大约二百天前，你生了一场很大的气，好像是感情上的波折。气郁化痞，这个东西就骤然膨胀。由于你精神上的高度紧张，胃肠蠕动几乎完全终止，这块肿物就显出了恶性病变的征候……”教授的语调徐缓平和，像在念一册古旧的线装书。

先生未置可否，只是说：“假如您能治好我的病，使我还能在这个位置上服务，我想提名您为国家安全部门的负责人。您好像有特异功能。”

教授说：“我接受病人的唯一馈赠，是他们的健康。你可以到一旁治疗。”

骷髅般的先生还想说些什么，教授说：“下一个。”

一位非常妖娆的女士富有弹性地走进来。“您好！”她目空一切地打招呼。

今天怎么净碰上稀奇古怪的病人！屈侠想。

“你怎么不舒服？”教授常规问。

那女人只是微笑，并不答话。

时间流逝。屈侠想女士可能耳背，大声重复了问话。女士矜持地说：“那您看我哪儿不好呢？”

又碰上了这路病人。他们好像存心要和医家捉迷藏。顽固地信奉“病家不用开口，就知病情三分。说得对你吃我的药，谈不对分文不取”原则，非得让医生先说。

这不是耽误工夫吗？屈侠暗暗叫苦，教授不愠不恼，轻声说：“伸手。男左女右。”

接下去的步骤屈侠不用看也知道。教授伸出中指戴戒指的右手给病人把脉。不知教授年轻时是跟哪位走江湖的郎中学的手艺，依屈侠看，教授把脉的姿势极不标准。位置略高，用力也不均衡。要是创立脉学的先哲看到了，鼻子非气歪。

但教授就是凭着这一摸成为神医，你不服也得服。据说有人用全息摄像机把教授诊病的全过程拍了下来，回去用极慢的速度重放定格，也看不出丝毫名堂。

“你是一位舞蹈家。此病每月朔、望两日发病。”教授缓缓说。

“哎呀！您怎么知道的！我刚刚从国外回来，就是想逃开这可怕的魔鬼。时差搞得我都不知道是什么日子了，可它还是风雨无阻地来折磨我。医生您可要救救我。再这样下去，我只有死了才能摆脱它……呜呜……”女舞蹈大师哭起来。

屈侠还是第一次听到这样的怪病，不由得竖起耳朵。

“我的身体里好像有一只铜壶滴漏，它精确地辖制着我的生命。每到发作的时候，我抽搐不止，全身痉挛得像一张铁弓。我恐惧极了！这么多年来，我从来没有看过医生。这病太古怪了，像一场谋杀。没有人会相信我的，我不敢到医院，怕人家说我是妖女……”舞蹈大师一反初来时的倨傲，悲悲切切说个不休。

“医生，您就是不能救我，也要告诉我到底是什么病把我害死的。要不我到了阴间也是个屈死鬼啊！”舞蹈大师哭诉着，简直不给别人插话的机会。

教授平和地说：“你不要这么紧张。你的病是在大脑里长了一窝虫子。”

“什么什么？！您是否想给小报制造耸人听闻的花边新闻？”舞蹈大师柳眉倒立。

“我和我的助手将终身为你保密。”教授设身处地地说。

屈侠用力点点头。

“我怎么从来就没听说过这种病？”舞蹈大师半信半疑。

别说病人，就是医学院的高才生屈侠，也是头回见到。

“这是一种极为罕见的病症。在我做医生的漫长生涯里，你是第二例。”教授解释。

“那第一例呢？”舞蹈大师忙不迭地问。

“很遗憾，他死了。”教授沉痛地说。

“我不信！”舞蹈大师歇斯底里地号叫起来，“我绝不会得这样可怕的绝症。你是江湖骗子，你瞎说八道！虫子怎么会像天文学家一样知道月有阴晴圆缺？你看不出我是什么病，就故弄玄虚！”

屈侠想把这个疯狂的女人请到外面去吃点儿镇静剂。教授轻摆了一下手。

“你听我说。不要小看虫子，虫子也是一种生命。你早年吃过生肉，虫卵就是那时潜进你的血液。它们在你的脑子里定居下来，生儿育女。它们的繁殖周期是以月相变化为规律。既然澎湃的潮汐都听从月亮的指挥，虫子当然也可以这样了。”教授耐心地解说。

“那我可怎么办？！”舞蹈大师操拳就要砸自己的脑袋，屈侠刚要赶上前制止，她又停了手，“不能打。要是万一打漏了，虫子跑出来，我的头就成了马蜂窝……呜呜……”她孤苦无助地哭了。

“我可以把你的病治好。虫子外面包着一层膜，很薄，但已经足够了。我们可以用 β 射线刀将它完整地剔除。”教授很有把握地说。

“真的？”舞蹈大师泪眼婆娑地问。

“是的。”教授说。

“您有绝对的把握？”舞蹈大师咄咄逼人地追问。

“医学是没有绝对这个词的，我们将尽力而为。”教授坦诚相见。

“你们要把我的脑袋打开？隔皮买瓜生熟还没个准儿呢，说我脑袋里有虫，你有什么证据？拿出来！”

虽说舞蹈大师重病在身，屈侠也觉得她稍稍过分了一些。这又不是对簿公堂，还要什么证据。你来看病，说明你信这个医生，凡事信则灵不信就不灵嘛！陶教授就是靠圣手摸脉诊病，你还让他拿出什么证据！

没想到教授和颜悦色地说："你说得有道理。为了更保险起见，你到隔壁去做一下系统检查。"

"要抽很多血吗？我就是因为怕抽血，才不敢上医院的。人家都说您这儿不用抽血，我才来的。没想到又打发我去抽血。"舞蹈大师啰嗦不止。

"女士，您是否陷入了一个怪圈儿，您是仰慕教授的特殊方法，才到我们这里来的。教授为您详细地解说了病情，您却信不过。现在双管齐下，您又有怨言。"作为教授的学生和助手，屈侠忍不住插话。

教授严厉地示意他闭嘴："人命关天，慎重些好。"

"所有的检查只需一滴血就可以完成。"屈侠耐心地解释。

舞蹈大师刚离去，诊室的门又被推开。"小伙子，什么时候能轮到我？呵呵，我的腿都坐麻了。"拄拐棍的老奶奶又来了。

教授半仰着脸，雪白的头发遮没了他智慧的额头，已经睡着了。诊断是一桩非常耗费精气神儿的事情。

"教授累了。一会儿就轮到您了，请再耐心等等。"屈侠好言劝走她。

"人家说虫包没外膜，不能手术。可您说有。"女大师回来了。

"人家是谁？"教授猛然惊醒。

“电脑。”舞蹈大师说。

“请你记住，人脑永远比电脑强。赶快手术，现在是最好的时机。”教授谆谆告诫。

“可是您的第一个病人不是死了吗？我一想起来，好怕。脑袋被打开，那个重新缝起来的人还是我吗？”舞蹈大师战战兢兢。

“是你。”教授和蔼地说，“而且比现在的你还要完美。”他沉吟着，思绪穿过遥远的时空，“是的，我的那一位病人死了。这是我终生的遗憾。在那以后的日子里，我无数次地检讨自身。我分析了失误，改进了仪器，不断磨砺感觉……”教授猛地打住话头，“你的手术会成功的。”

“谢谢！谢谢！”舞蹈大师倒退着退出诊室，好像是盛大演出之后的谢幕。

病人像传送带似的进来，被教授的圣手抚摩之后，带着明晰的诊断离去。

“还有……几个……病人？”教授虚弱地说，伴随一阵金属样的咳嗽。

“一个……最后的一个，就是您让加号的那位老婆婆。要不然，我劝她回去，下回再来。您太疲倦了。”屈侠心疼地说。

“请老人家进来，她来一趟不容易。我们悬壶济世之人，说话要算数的。”教授半合着眼说。

“您来吧。”屈侠对老婆婆说。

“我……害怕……”老婆婆反倒往后退。

“没什么可怕的。教授只是把脉，请尽量放松。”屈侠劝慰着老婆婆，搀她坐在教授对面。

只要一见到病人，教授就精神抖擞。

老婆婆主动伸出胳膊。

教授把自己的右手扣在老人的右手上，顷刻之间就放下了。屈侠跟随教授这么长的时间，从未见过教授对病人如此草率。

“为什么？”教授说，语调里充满了好奇。

“你问我为什么来看你啊？我头痛、脚痛、肚子痛、喉咙痛、神经痛……全身上下没有不痛的地方哇！”老人家长吁短叹。

“你所说只有一条是准确的，那就是肚子痛。你正处在月经期。”教授严肃地说。

屈侠吓了一跳。老妪白发飘飘，起码也有八十岁了。

“你这个医生，怎么能瞎说呢？我这么大的岁数，重孙孙都有了，怎么还会来红！你呀你，人人都说你医术高，我看是鬼话连篇。我不要你给我看啦！”老婆婆说着，拐杖捣蒜似的捅着地板，气哼哼地走了。

三

“屈先生，我想请你到我家去做客。”陶若怯教授说。

屈侠的脸白了。

“你是不是哪儿不舒服？”教授关切地问。

“不，不。没有。”屈侠镇静下来。反正已是那么一回事了，“兵来将挡，水来土屯”呗！

“带上你的女朋友。我夫人说她很漂亮，有一次我们在街上相遇过，可惜我老眼昏花的，不曾认清楚。你应该打个招呼的。”教授亲切地说。

“当时看您和夫人谈兴正浓，不好意思打搅。”屈侠说着，心里想：教授夫人的眼睛快赶上望远镜了。

屈侠全文传达给朱提。朱提说：“教授夫人真的说我很漂亮了？”

屈侠说：“真是妇人之见。人家不过是一句客气话罢了，你就当真。这回咱俩一块去，就可以近距离观察教授一家了。教授是一个谜。”

朱提说：“你看我穿什么颜色的衣服最好。”

“穿白色吧。教授最喜欢白色。”

朱提说：“你那个教授，真像个得道的仙人。”

“他不是仙人。他也感冒，也咳嗽，上卫生间好像还有痔疮。有时候还很忧郁。当他不看病的时候，他是一个平平常常的老头儿，简直就是未老先衰。可他一站在病人面前，就像电焊似的冒出耀眼的火花。经他诊断的病例，有百分之百的准确率。百分之百啊，你知道这是什么含义吗？”屈侠激动了。

“知道。二年级的小学生都知道，不就是个个都说对了吗！”朱提说。

“那就是完完整整的生命。”屈侠神往地说。

“你以后会和教授一样造福于人类的。”朱提说。

“可是教授总是不把过程告诉我。我见到了结果，但我不明白它是如何来的。”屈侠苦恼地说，“你再谈谈那天的感受。”

“让我再好好想想……他按了我的脉，好像和通常的中医有些不同，中间他还调整了位置，好像是在特意寻找一处穴位……用他的戒指。”朱提回忆着。

“太好了！这是很有价值的资料。只是你后来为何狼狈逃窜？”

“我怕他认出我来。其实认出我来倒没什么，只是教授以后知道了他的得意弟子伙同外人，化装侦察他，教授也许会生你的气。我这样一跑了之，他也就算了。”

“你为我想得真周到。谢谢。”

“谢谢要拿出实际行动来。给我一个吻。”

四

教授的家十分简朴，家具是莹白的冰雪色。但丹岚夫人一出场，就充满富丽辉煌的感觉。她实在是太美丽了，虽说穿的是家常衣服，依旧明眸皓齿光彩照人。她所有的部位都像古希腊的女神一般完美无瑕，特别是眼睛，像黑潭里的寒星，顾盼生辉。当她凝视你的时候，好像有一束闪电传来，阅读你的心灵。

“非常欢迎你们！尝尝我做饭的手艺。我猜你们的教授一定为我吹嘘过了，其实不过是点儿家常菜。我到厨房去忙，你们坐。”丹岚夫人说着走了。

灿烂的大灯熄去了，只留下暗淡的红烛。这是一个极富诗意的谈话氛围。

“小姑娘，认识你我很高兴。”教授和朱提拉了一下手。这个接触略有些别扭，教授的中指扣住了朱提的手腕子。近在咫尺的屈侠看清红色相思子戒指贴在了朱提的“内关”穴上。

“我们其实早就认识了，那天在我的诊室里。你的化装技术很高明，连我这个老医生，最初都被你骗过了。你为什么要伪装成病人呢？那天你并没有回答我的问题就溜掉了。今天你是作为屈侠的女朋友——我学生未来的生活伴侣到我这儿来做客的，想必是不能再跑了的。那么你就必须回答我的问题了。为什么？”教授严峻地说。

屈侠暗自叫苦。这是一场鸿门宴，屈侠你怎么就没想到呢？那天教授已经捕捉到了朱提的生命信息，只是不知道她的确切身份，今天不是送货上门了吗？教授借握手巧妙地摸了一回脉，朱提就露了馅儿。

内关穴和戒指，是要害。

朱提尴尬得像只受惊的兔子，跑也不是，躲也不是。

屈侠挺身而出：“教授，一切都是我的错。是我幕后策划，想探到您医术的秘密。”

教授说：“偷艺好像是咱们中国的老传统了。我记得鲁班、孙悟空好像都是偷着学本领的。”脸上的表情高深莫测。

朱提抢着说：“后来他们都被师傅发现了，给骂了一顿。可师傅最后到底是把手艺传给他们了。”

“你们俩可真是天造地设的一对人精。”教授的话里听不出嗔贬之意。

朱提嘴甜甜地说：“我们俩算什么呀，您和师母才是珠联璧合！”

教授莞尔一笑：“我们是半路夫妻，与你们不能比的。”他向厨房叫道：“丹岚，快来看看这对我早已同你说过的年轻人。”

屈侠悚然一惊：原来教授洞若观火！

丹岚夫人款款而出："急什么？我的原始菜系还没有烧好呢！"

"我很急。"教授说，"他们能打多少分？"

丹岚夫人灿若潭星的美目充满盈盈笑意："刚见头一眼的时候我就给他们打过分了。要是不好，我哪里放心你同他们俩说这许多话？"

"到底是多少分呢？"教授迫不及待地问。

丹岚夫人说："就在这儿讲吗？"

教授说："你说好了。我对他们俩还是有基本的判断。请你看，不过是为了更保险。"屈侠和朱提面面相觑。他们俩说的"他们俩"当然是指的他们俩了，可这些是什么意思？好像暗号。又不好插嘴，呆呆地看着老夫少妻打哑谜。

"八十分，"丹岚夫人说，"我的汤要漕出来了。"走了。

"真是一个好成绩。"教授高兴地直搓手，"太好了！"

屈侠和朱提呆若木鸡，教授也并不忙于解释。

"这是我特意复制出的原始菜系，你们尝尝味道好吗？来来，先品苔藓汤。"丹岚夫人端上热气腾腾的汤钵。

"这汤钵怎么是用石头抠成的？"朱提大吃一惊。

"你想想，原始人盛流质，除了用石头器皿，还能用什么？"教授兴致很好地解释。

大家呷了一口，果然鲜美无比。

"夫人，你这汤是怎么烧成的，教教我。回家先给妈妈烧，以后再烧给屈侠喝。”朱提天真地说。

丹岚夫人微笑着说：“汤是不难烧的，只是这火却有些难取。”

朱提说：“火有什么难的？煤气火，酒精火，汽油火……不是多得很？”

丹岚夫人说：“这些火都是不行的。你想原始人从哪里能得到这些火？”

屈侠醒悟道：“那这就必得是天火了。”

丹岚夫人说：“是的。火种是我在大雷雨的天气，从原始森林里被闪电点燃的枯木上取来的，一直保存着。”

教授惊诧地说：“我一点儿都不知道！这对你是非常危险的！”

丹岚夫人说：“你不是推崇返璞归真吗？我愿意为你做这事，你又不是总有学生来做客。”

朱提说：“想不到这汤还这么惊险传奇。屈侠，对不起，我可做不出来了，巧妇难为无火之汤。”

夫人微笑着说：“小姑娘，你何时要做汤了，到我这儿来取火种就是了。只要我在，它就不会熄的。”

教授说：“为了我们的相识，我指的是精神上的。我不能喝酒，就以这古朴的苔藓汤替代，让我们一饮而尽！”

后来又吃了炙烤的兽肉和清蒸的树叶野果，风味特佳。

五

当天夜里，屈侠被急遽的电话铃声惊醒。

“我是你的丹岚师母，陶教授请你立刻到我们家来！”声音非常急迫。

“陶教授，他……他怎么啦？”屈侠惊恐地问。刚从教授家离开不过几个小时，没有极异常的变化，生性沉稳的教授绝不会深更半夜地打搅别人。

“是的，他说他的情况不好。”丹岚夫人悲切地说。

“我马上就到。”屈侠撂下电话，风驰电掣赶到教授家。

一进客厅，屈侠愣住了。

教授正悠然地坐在沙发上品茶。“你师母做的汤有点儿咸。”他说。

屈侠哭笑不得地点点头。他的气还没喘匀呢！

“半夜叫你来，真是很抱歉。但科学是一桩需要献身精神的事业，我只能如此。”

屈侠说：“我选择了这个事业，无怨无悔。”

教授说：“你的伴儿呢？”

“在她父母家。”

“叫她一起来吧。我要同你谈的事情很重要。”教授说。

朱提也睡眼惺忪地赶到了。

“特地叫你们来的原因，是我就要死了。”教授从容不迫地说。

“什么？！”屈侠和朱提差点儿从沙发跌落到地上，面前这位精神矍铄的老人，用谈论天气预报的口吻说到自己的死亡，神情静如止水。

“先生，这不可能！您虽然已鬓发苍苍，但按现代的年龄分野，只是中年人。您怎么就想到死！”屈侠慌忙拒绝先生的话。

“不是想到，是感到。”先生挥挥手，好像赶走一只嗡嗡叫的小蚊子。“我们谈正题。经过我长期的观察和你师母昨晚的当场测试，我决定收你为我的关门弟子，把我一生诊病的心得传授与你。寻觅半生，终于找到理想的传人，我心中快活无比。这件事本想从明天早上开始进行，没想到突然收到了来自体内的异常电波。死亡已经像一只野兽，出现在我的视野。我闻见它的气息了……”教授不得不停下来，浊重地喘着气。这番话耗竭了他的精力，他要积蓄一会儿心神才可继续说下去。

屈侠和朱提惊心动魄地听着。

“你们已经发现了教授戒指的秘密，那是他半个世纪研究的心血结晶……”丹岚夫人说。

“好了。”教授虚弱地打断了夫人的话，“那些枝枝蔓蔓的事，等以后再说吧。反正你们有的是时间。”

“这枚戒指是一个极为精巧的人体生物电流传感器。人的所有感觉，说到底，都是一种电流。火焰灼伤我们的时候，实际上就是一种损伤电流。恐惧是一种电流，欣喜是另一种电流……”教授滔滔不绝地说。

“那么，我爱屈侠，也是一种特定的电流了？”朱提好奇地问。

屈侠狠狠地瞪了朱提一眼，这是什么时候，你说这些没油没盐的话！可惜朱提只顾半仰脸虔诚地看着教授，根本就没注意到屈侠的白眼。

“理论上是这样的。电流可以像光谱似的绘制出人类的思想情感频道，还可以加以精确的定量分析，包括变化轨迹。”教授侃侃而谈。

“啊呀！这太可怕了！”朱提惊呼，“我可不想让屈侠知道我在他以前还爱过别人……”

“是啊！”教授长叹一声，“居里夫人也没有想到她的发现会变成惨绝人寰的原子弹。这就是我为什么非常严格地选择传人。并非我的保守，而是事关人类的精神自由，他必须忠诚正直，绝不将这项研究用于医学以外的领域。”教授冷峻地说。

“我发誓。”屈侠明亮的目光清泉般宁澈。

“我也发誓。和老公一道忠心耿耿。”朱提郑重其事地表态。

教授难得地开颜一笑。“我信得过你们！”他接着说，“任何复杂的疾病，体内都会向大脑发出频频的报急电流。只是病人像一个初上战场的指挥官，无法破译这些宝贵的情报……”

“您的戒指就是把这些电流传递出来，像接力火炬一样传给您，由您亲身感受病痛分析症状……”屈侠心领神会地说。

“对！对！”教授非常高兴，“你的悟性很好。每次我都在诊断的那一瞬间幻化为病人，这就是我要向你传授的诀窍。”

“我终于明白为什么每次诊完病，您都精疲力竭。因为您就是病人，您设身处地感受了痛苦。”屈侠说。

“教授是用自己的痛苦换来了他人的生命。”丹岚夫人心疼地说。

“我没有那样伟大。不过是一个体验了无数病痛的多病之躯，是一个死了许多次的不死之人。经历的苦痛愈多，愈坚定我济世救人之心。”教授又停息下来，大口地喘气。

屋内是死一般的寂静，任何语言都已多余，只有钟表永不迟疑的响声。

“开始吧。我的时间已经进入了倒计时，不敢耽搁了。”教授说着褪下了镶有红色相思子的戒指，“孩子，你把它戴在中指，扣在我的内关穴上……”

屈侠顺从地伸过手去，戴上红色相思子戒指。教授手把手地指点他。

屈侠小心翼翼地扪着导师瘦骨嶙峋的胳膊，并没有丝毫异样的感觉。“喏，要这样调整位置，红宝石一定对准病人的穴位……”教授虚弱但是非常清晰地说。

蓦地，屈侠感到了椎心泣血般的痛楚，差点儿大声呻吟。剧烈的头痛像毒蛇缠绕着他的脑髓，无数尖锐的玻璃碴蹂躏着他眼睛后方的筋脉，心脏像被章鱼残忍地捏紧又松开，血液沸腾地冒着泡……

看到他陡然变色的脸庞，一旁的丹岚夫人赶快扭转了红宝石的方向，痛苦就烟消云散了。

“第一次，他还不适应。”夫人轻声说。

好舒适好清凉的夜晚。屈侠重又感到自己年轻的躯体矫健而充满活力。健康，健康是多么珍贵美好的财富啊！

“刚才那是……”屈侠嗫嚅着。虽说从理论上他知道是怎么一回事了，但却无法相信。

“是的。那就是教授此时此刻的感觉，很惨烈的痛苦。”丹岚夫人代她的丈夫回答了。

屈侠愕然地盯着教授平静的眉宇，教授淡然地点了一下头：“刚才我们像是一个连体人，这就是心脑血管病的感觉。至于具体的细微分类，你还要多历练，积累经验。”

屈侠还没有从片刻前的痛苦中缓过劲来，心有余悸地说："难道不能采取更科学的方法吗？比如测量仪……"

教授说："我毕生都在朝这个方向努力，只是尚未成功，就接到了死亡的请柬。这副担子就要交给你了。"

洪荒般的静谧。

"小伙子，你现在还可以后悔。这件事将腐蚀你一生的幸福。我的第一位夫人就是因为不能容忍这种她称为非人的生活，离我而去。我才……使丹岚在我的生活中出现了。这就是我一定要你们俩一起来的原因。"教授的嘴角轻轻抽动。

屈侠知道教授是忍受着巨大的痛苦在说这些话。在导师为人类献身的一生面前，他责无旁贷、义无反顾。

"我不悔。吾爱吾师，吾爱真理，吾爱人类。"屈侠眼里噙着泪水和火花。

"我爱屈侠。我爱屈侠所爱的一切。"朱提说。

"内关穴为人体内气的总关口……"教授开始传授。

六

教授让丹岚夫人马上到报馆发一个启事，说自即日开始，圣手陶教授将敞开大门应诊，且皆为义诊，分文不取，吁请海内外疑难病症患者尽早前来就医。

“教授，您的身体哪里经得住这般劳顿？”屈侠知道教授是想在最后的时日里，多教他一些本领，忍不住劝道。

“不，不完全是为了你。只有当我面对病人的时候，我才感到自身生命的价值。我要用最后的精力，为他们再做一点儿事。就算告别。”教授微笑着说。

“师母，您不要去发这个启事！”朱提偷偷对丹岚夫人说。

“他是劝不住的。”夫人美丽的眼睛充满哀愁，“小姑娘，我已经看出你的未婚夫是很像教授的。但愿你将来不要碰到这种时候。”

病人云集而来。其后的一个星期，屈侠饱经沧桑、备受折磨。红色相思子戒指，忽而戴在教授手上，忽而戴在屈侠手上，像一支燃烧的火炬。屈侠刻骨铭心地记住了什么是癌症的剧痛；什么是炎症的灼热；什么是心脏的梗死；什么是气管的痉挛……经验在痛苦的地基上耸立起来。

屈侠几次提出再体察一下教授的病况，想借此说服教授休息。教授拒绝：“不必。我自己的病自己知道。”

朱提悄声问丹岚夫人：“教授大约还有多长时间？”

“那一天夜里叫你们的时候，说还有十天。”丹岚夫人心如刀绞地说。

“只有最后三天了。”朱提滴下泪水。

教授难得地出现了一次误诊，由于他殚精竭虑地救治病人传授知识，自身的痛苦加上病人的痛苦，犹如一把双刃的斧头，加速刈伐着他的生命之树。他的寿命缩短了，今天是最后的晚餐了。

他不愿告诉他们，悲哀已经够多的了，他愿意在微笑中走完最后的台阶。

门外还有病人，教授用商量的口吻说："今天就到这里吧。明天再重新开始。非常抱歉。"

拒绝病人，这在教授漫长的行医生涯里，还是第一次。屈侠想，教授是要把最后的时间留给丹岚夫人。

屈侠把教授送到家，知趣地说："我和朱提走了，明天再来看您和师母。"

教授说："不要走，我需要你在身边。我是一个老猎人，要把自己的经验尽可能多地传给你。以后你就要独自在黑暗中摸索了。"

屈侠说："我是站在您的肩头上开始工作的，我会用双手再把他人托举起来。"

教授的眼珠突然像镀了釉，晶光四射："孩子，你不是一直想知道我现时的感觉吗？戴上相思子戒指，扪住我的内关穴，仔细体会。"

屈侠依言办理。他已经很熟练地掌握了方法，调整好位置，红宝石把教授和他的弟子紧紧地粘在一起。

屈侠做好了领略极端痛苦的思想准备，走进了教授的弥留世界。

到处是皑皑的冰雪，砭人骨髓。高远的天空，有五色的祥云逶迤。金色的霞光从云隙中麦芒般地洒下，将峰峦剪出黛青的绿影。远处有辉煌的屋宇，缥缈的音乐像香花的气息弥漫而来。在莽莽苍苍的白雾之中，有一颗红色的弹珠跳荡起伏。一种像羽毛一样温暖而洁白的神韵，源源不断奔涌而出，涤荡寰宇……

这是什么？

在屈侠储存的成千上万份感觉档案里，没有这份独特的境界。

“教授！这到底是什么？是什么？”屈侠失声叫道。

没有人回答他了。只有教授的手紧握着他的手。

“教授去了。他让你最后感觉到一个智者的死亡。那不是痛苦，是一种超凡入圣的解脱。”丹岚夫人说。美丽的女人多半软弱，但此时的夫人，异乎寻常地冷静与果敢。

只是她的胸腔里发出怪异的响声。

七

明天就要为教授下葬了。将有无数的人为这位普通医生哭泣。

遗体安卧灵堂。

在悲痛的日子里，丹岚夫人没有掉一滴眼泪。她除了安顿教授的丧事，就是向屈侠传授教授的经验心得。

“好了，你现在已经懂得和我一样多了。教授告之于我的，我已全盘馈赠于你。我想，我们之间的友谊也就到此结束吧。”丹岚夫人端庄地说。她美丽的仪容并没有因为巨大的悲痛而憔悴，依旧光彩照人。

“师母！您为什么要这样说？我和朱提视您为亲人。”屈侠惊恐不安。

“夫人，我们是不是有什么做得不周到？”朱提问。

“不，我很喜欢你们。我给教授的许多学生的品行打过分，这是教授分派给我的任务，他要从中筛选出自己的传人。你们俩是得分最高的。我从看到你们的第一眼就喜欢你们，这也是缘分，但在这个世界上，我最喜欢的人是你们的先生。我之所以留到今天，是因为先生的事业还没有完成。现在，你们已独当一面，我就可以告辞了。”丹岚夫人宁静地说。

“夫人，您不能走！不能走！”屈侠和朱提一齐预感到要发生的事，一人拉住丹岚夫人的一只胳膊。他们想师母一定是在巨大的苦难中精神崩溃。

夫人轻轻地但是极有力地推开他们俩，说：“屈侠，你来探探我的内关穴。”

屈侠遵嘱扣住夫人的纤纤素手。他以为会触到悲痛欲绝痴迷错乱的情感波，没想到是一下又一下极规律极呆板的振动。又是一个他从未遇到的病例。

“您是……”他充满迷惘地说。他已经知道了那个答案，只是无法相信。

“是的，我是个机器人。教授将他的全部心血献给了事业，爱情背叛了他。极度绝望中，教授制造了我。因为每天看到的都是残缺的人体痛苦的面容，教授采用人类最优秀的黄金分割数据，浇铸了我美轮美奂的躯体。教授只给我安装了一套程序，就是探察世界上美好忠诚的心灵。现代人在勤奋进取的方面，得分都很高，但在忘我与献身上，往往是不及格的。无私地为人类奉献的精神，作为一种美德，已经像黄土一样流失。教授终于找到了你们，是他的福气。”

“夫人，您和我们一道吧！您是永远年轻的！”屈侠和朱提异口同声。

“我是很想这样的。教授生前也是这样同我说的，但机器人也是人，机器人也有心。我的主部件在教授逝去的那一瞬间已经轰毁，巨大的悲痛烧灼了我的电路。现在是备用系统在进行最后的工作。永别了，我的孩子们！你们不要总觉得我年轻，我的年纪其实同你们的祖母差不多大。记住，把我和你们的教授葬在一起。”美丽的夫人说完，走到教授的遗体旁，静静地合上了她亮若潭星的眸子。

一切都和那个喝苔藓汤的夜晚一样，只是没有了教授，没有了夫人。

火把熊熊地燃烧着，那是夫人取自雷电的天火。

朱提对屈侠说："请把你的红色相思子戒指褪下来。"

八

屈侠和朱提精心制作了两枚真正的红宝石相思子戒指，同教授赠予他们的那只一模一样。

他们把戒指端端正正地戴在教授和丹岚夫人的无名指上。

天 衣 无 缝

邹安回娘家吃晚饭，一推房门，异香扑鼻而来。

“妈，是什么这么香啊？”邹安已为人妇，而且是见过世面的白领小姐，但一回到家里，就立即在感觉中将自己缩小，十分自然地幼稚起来。

“你尝尝看。”妈妈把汤钵的盖子掀开。虽说家里通常是聚餐，而且讲究的是让父亲动第一筷子，但妈妈常常提前从锅里拣出精华的部分，以饲她最疼爱的儿女。

满满一钵肉。邹安嚼了一块，好吃极了。她从小就爱吃肉，妈总说她不是猴子变的，是老虎变的。

“到底是什么肉呢？像是鸡，又不是。”邹安摆弄着那块精致的小骨头。

“是雪兔肉。别人送的。听说这种兔子是吃雪长大的，消灾祛病益寿延年。只是肉太少，我把它和鸡炖在一起了。”妈妈热心传布关于动物的神话。

吃饭的时候，邹安很仔细地避开鸡肉，专挑雪兔肉吃。雪兔比母鸡更容易吸收酱油，显出琥珀样的红光。

雪兔一定还有别的药用价值。邹安回到自家的小巢时，已经很晚了，还是推醒丈夫造爱。

以后的日子很平和。他们结婚的时间不长，没有特别地想要孩子，也没有特别地不想要孩子。虽然年轻，却很推崇古典的顺其自然。这年头，顺其自然是一种时髦。过去是境遇不好的人喜说这话，借以自勉自娱。现在却是混得光彩的人如此说。

邹安怀孕了，她一点儿都不惊奇，用医院的阳性化验单通知了丈夫。她历来鄙夷电影电视里的镜头：到了妻子缝制小孩儿衣服的时候，丈夫才恍然大悟。

她交化验单时的神情，镇定得如同递一张电影票。

丈夫很仔细地看了单子，然后说："好事啊，不过你要多受苦了。"

"没什么。对女人来讲，这是很正常很自然的事。"邹安平静地说。觉得自己是一只精美的空箱子，该装一些宝贵的东西在里面了。

"我们的孩子该集合我们俩的优点，比如我的眼睛、你的嘴唇……你的嘴唇最好看，像沙漠上平缓起伏的沙丘……你知道吗？"夜里，丈夫这样说。

邹安笑了，说："关于嘴唇的话，你说过一千遍了。关于优点的话，所有的孕妇家里都进行过这种讨论。集合优点，要服从概率。咱俩的基因，就像一副打乱的扑克牌，怎么能保证抓到手的都是一色红桃呢？”

丈夫说：“就算不都是红桃，咱俩这样能干，孩子也该集中了大小王和几个尖儿吧？”

邹安就把这话学给公司里的同事听。大家表面上不说什么，暗地憋着劲，等着看美丽的邹安生个什么样的宁馨儿出来。

日子渐渐沉重，邹安像注满了水的茶壶，臃肿不堪。在最后一次产前检查的时候，她听到一个膨着袋鼠样肚子的孕妇对另一个小肚子的孕妇说：“你吃了兔肉没有？”

小肚子说：“没有。谁敢吃那东西？吃了孩子三瓣嘴。”

袋鼠说：“这是迷信呢。不过，还是躲着点儿好。我是中国的外国的迷信都信。”

邹安突然想到了雪兔，心里打了一个寒战。但她很快对自己说，这都是没有文化的人无稽之谈。她不断重复着：雪兔不是兔。

她知道孕妇在临产前都有一种对怪胎的恐惧。但自己这样青春健康，没有受过核辐射和病毒感染，整个孕期几乎连一片药都没吃过，孩子怎么会有毛病呢！

邹安躺在产床上的时候，非常宁静，她甚至为这种宁静感到羞涩。所有的病人都在鬼哭狼嚎，产房是一座放肆地演奏生命摇滚的大厅。邹安在这里显得格格不入，只有生过许多孩子的老妇才这样无动于衷。孩子顺产。婴儿头一接触到冰冷的空气，没有丝毫的停顿，就像猎豹样凶猛地啼叫起来。邹安知道那不是哭，哭是人类悲痛的表示，一个刚降生的孩子，快乐还来不及呢，他是在以哭为乐。

助产士摆弄着孩子。邹安抑制着疲倦，仄着身子看了一眼。婴儿的头拢在助产士手掌中，长相没看清，只见到那是一个男孩儿。

助产士把孩子对着医生说："怎么办？"

医生说："她的丈夫在吗？"

助产士说："不在。"

医生说："其他的亲人呢？"

"也不在。"助产士回答。

医生说："那就只有同本人谈了。她的情况好吗？"

助产士说："还好，各方面都很正常。"

医生说："那好吧，我来谈这件事。"

邹安很清楚，听到了所有的对话，不知道这同自己有什么关系。她躺在产床上，像一条悠闲的白鲸，等着人们把她的产品呈上来，让她过目。

助产士小心地托着孩子走过来，好像那是一柄重剑。

医生接过来，因为新生儿柔若无骨，便用前臂垫着他的脊椎骨，让孩子的屁股坐落在自己的肘中。这样婴儿就站起来了，突兀地矗立在邹安眼前。

丈夫本来是要陪着邹安的，但她把他轰走了。“你忙你的。生孩子是我自己的事，不喜欢旁人参观或是多手多脚。”她这样说，也不让妈妈操心。

医生举着浮雕般的孩子说：“一个男孩儿。我们大致检查了一下，其他还好。但是个兔唇，抱给你看看……”

医生还没说完话，那小小的婴儿打了一个哈欠。他的小唇的确很像邹安，轮廓轻柔。但唇中央像峡谷一般地裂开了，暴露出粉红色的小膛和黑洞洞的咽部。

邹安立即被旋转的粉红色和黑色湮没……

当她醒来的时候，听见丈夫愤怒地对医生说：“你们怎么能这样残忍？她刚生完孩子，身体虚弱，你们却要把这么刺激的消息告诉她，还一定要她亲眼看……”

医生很温和地说：“按照保护性医疗制度，我们不应该给产妇这样的恶性刺激，但是医院常常为这种事吃官司，我们只好当场验明正身。不然出了产房，有人就不认账，说我们是狸猫换太子。我们有我们的苦衷，没想到她的反应这么强烈。其实兔唇是最轻微的畸形，可以修补得天衣无缝。”

邹安始终没有睁眼，不知道睁开眼之后说什么。她只记住了一个词：天衣无缝。

邹安带着孩子出院之后，没等同事们来看她，就立即迁往丈夫的家乡——一个小城坐月子。同事们谁也不知道兔唇的事，都说："你看，邹安的运气多好，有婆婆侍候。6个月产假后，就带着白白胖胖的大儿子回来了。到那时，我们去给她贺喜，还要吃红皮鸡蛋。"其实很多人现在已经不吃鸡蛋了，嫌胆固醇高。但大家都愿意助兴。

邹安生了孩子5个月之后，悄悄地潜回娘家。妈妈看了吓一跳，说："你怎么这么瘦？哪里像个月婆子的样？是不是婆婆待你不好？让妈好好给你补一补。"

邹安苦笑着说："婆婆倒是挺好的，是我自己吃不下。"

妈妈说："她没有嫌你生了个兔子嘴的孩子吧？要是说了，你就说我们这边从来没有这个根的，一定是他们家遗传。"

邹安说："婆婆没说什么。还一个劲儿地劝我不要放在心上，说乡下这样的孩子多得很，只要脑子聪明，是一样的。还说，越是这样的孩子，越是要对他好一点儿。"

妈妈说："嗯，亲家母还挺明事理。"又说："既然是这样好，那你还愁什么呢？"

邹安不由得哭了，说："愁孩子啊。在乡下当然是好养活的，可我们是在城里。这个孩子长大了，会多么自卑！现在宾馆里招一个看大门的，都要标致得像罗密欧。我生出的是一个废品，别人不说什么，我心里也永远不能原谅自己。"

妈妈说："那可怎么办？又不能再生一个！"

邹安不说话了。在那些忧郁的夜晚，她不止一次想过，这个孩子要是死了就好了。锋利的念头一闪，她就立即开始掐自己，拧自己，凶猛地惩罚自己。在常人看不到的隐秘处，她把自己虐待得瘀血斑斑。这样做了以后，她的心境就会有几天的平静。但那个残酷的念头也因受到了应有的处罚，变得堂而皇之，愈加频繁地冒出来。邹安恨透了自己的杀机，但没有办法。她是一个很理智而且要强的女孩儿，从小就事事争第一。没想到在这样一件最蠢的女人都能干好的事情上，自己失败得如此凄惨。这是一道做错了的题，没有橡皮，不许你修改。

她急急地赶回家，是想从这种疯狂的想象中解脱出来。市里有很好的整容医院，她要赶快把孩子修补得天衣无缝，让一切恢复正常。

邹安依旧保持着很好的身段，因为她不给孩子喂奶。在分娩以前，邹安是力主母乳喂养的。她对丈夫说："哪怕我的体形变成了一个拿破仑酒桶，也要用自己的乳汁哺育我们的婴儿。我不能让他喝牛奶，要知道牛奶是喂牛的，而我们是人！"

丈夫吻着她说："你真是一个英雄母亲。"

丈夫现在到国外去了，一切的担子都落到邹安一人身上。

邹安没能给孩子喂成奶的原因，不是邹安。兔唇的孩子根本就无法吮吸母亲的乳汁。他的嘴是一个破烂的漏斗，面对粮仓，饿得啼哭不止。

产后淤积的乳汁像两颗手雷，紧邦邦地坠在邹安的前胸，使她行走时有一种扑倒的感觉。她为儿子沏好了进口的奶粉，但这个畸形的孩子仍无法进食。牛奶在嘴里四溢，泡沫溢满了脸颊。偶尔流进咽喉的乳汁引起剧烈的呛咳，小小的孩子憋得像要爆炸的栗子。

邹安把孩子往床上一丢，好像儿时扔一个破布娃娃。这样的孩子有什么用呢？他的存在，不但是父母的耻辱，更是自身的苦难啊！

猛烈的震荡救了豁豁嘴的孩子，呛进气管的乳汁弹了出来，呼吸欢畅了，饥饿的哭声十分嘹亮。

婆婆忍不住了，说："你抱抱他。"媳妇是从大地方来的，自有一套养孩子的理论，乡下的老太太原不敢多嘴，但孙儿的哭声使她勇敢起来。

邹安只好抱起孩子。婴儿的哭声由于身体位置的变换，暂停了一下。但根本问题没解决，他继续用所有的力量向世界表达不休的愤懑。

"你一个当娘的，不能老叫孩子这样哭啊！"奶奶实在听不下去了，顾不得城里媳妇的面子，摆出婆婆的威严。

"可是这能怪我吗？他的嘴根本就不是人嘴，是兔子嘴。我总不能喂他青草吧！"邹安也哭起来了。

婆婆这才明白，虽然世界上的人已经能把自己送到月亮里当嫦娥，可并没有发明出给豁豁嘴的孩子专用的吃食。还得用乡下的老法子，把面糊糊一勺勺地填进小婴儿的嗓子眼儿，才能既喂饱他，又呛不着他……

姥姥看邹安给孩子喂奶糊，笨手笨脚的，就说：“孩子挺胖的，要是不看脸，根本就不知道有毛病。你带得不错，怎么干起活儿来这么不在行？”

邹安手忙脚乱地说：“在那儿，都是他奶奶给喂的。我不能看见这张有残疾的脸。看着看着，只觉得自己的嘴唇也豁开了。毕竟他和我太像了。”

姥姥就叹了一口气，接过小勺说：“我来吧。”

面糊糊里掺了雀巢奶粉，挺香。

邹安抱着孩子进了整容医院。

“医生，求求您，请给我的孩子做手术吧！”她对外科医生说。

医生看了一眼，仅一眼，他就什么都明白了。有经验的医生就像屠宰商人，张口就能说出杀一口猪，可出多少净肉。

孩子包在名贵的襁褓之中，脸上覆着淡金色的绒毛，像一颗新鲜的杧果。感觉到有人在注视他，婴儿微笑了。这就把他的缺陷暴露在光天化日之下了。

“我们这里做这个手术是有把握的。只是，他多大了？”医生迅速登记着。

“五个月零三天。”邹安说。她记得很清楚，这就是她在痛苦中煎熬的时间。

“哦，真对不起。我们现在没法收他住院手术。”医生遗憾地放下了蘸水钢笔。

“是不是……”邹安想起了有关医生红包的种种传闻。但是她不知道怎么说才合适。歇了五个月的产假，仿佛进了空难的黑匣子，外界的事一概隔膜了。

“我们还是比较宽裕的，为了这个孩子，只要能治好他的嘴，我们很愿意谢谢医生……”她笨拙地说着，脸上绷得像涂满了面膜，心中充溢怨恨。都是怀中的这个丑陋婴儿，使她从高贵的地位跌下来，低三下四地求人！

“不，不。你想到哪里去了？我的意思是这个孩子太小了。按照我们的经验，要在孩子18个月以后，成功的把握才比较大……”医生解释。

“但是，我看了有关的书，上面说国外现在已经把这个界限提到了6个月。”邹安试探地说。她耍了一个小小的花招儿，那书上说的是1岁，邹安把它萎缩了一半。她看了那本资料的出版时间，已经过时了。她想科学在日新月异地发展，这样一个小小的修补术，对于已经能嫁接基因的医学来说，该是易如反掌的事。

秃顶的医生什么也没说。也许他识破了邹安的谎言，可是他还是点了头。“从理论上说，手术是越早越好，有利于恢复得像正常孩子。但是，太早了，孩子太小，手术的麻醉风险太大。”过了一会儿，他补充道。

邹安误会了医生的话。假如他说的是“危险太大”，她就会慎重地考虑。但医生说的是“风险”，邹安就以为是指医务上的麻烦多。她就使劲说服医生，为她的小婴儿开一个绿灯。

“我相信您。我们会让孩子一辈子记着您、感谢您的。是您让他成为一个正常的孩子的。真的，我希望越早越好，现在邻居和别人，都不知道他是一个兔唇，修好了，就永远不会有人知道这个秘密了。不然，就是补得天衣无缝，人们还会指着他的后背说，他以前是个豁豁嘴……”她把医生当成自家的亲人，充满期望地说。

医生频频地点头，说：“既然你这样强烈地要求，我们可以一试。有许多很小的婴儿，做过比这更复杂的手术，国外甚至还有给胎儿做心脏手术的先例。不过，因为于常规不符，所以你得写一份书面的文字材料，说明这是你的要求。万一出了什么意外，与医院无关。当然，你要是不愿意，就此作罢。”

这其实是邹安挽回孩子生命的最后一次机会。但人们常为医生的坦诚所迷惑，以为他既预料到了事物的最坏环境，必是有了相应的准备，后果自然也就不会那样悲惨了。人们总以为医生在吓唬人，医生也乐意人们这样以为。他们就可以有恃无恐地干许多事了。

邹安签了手术委托书，她的签名很潇洒。医生说：“你的字很漂亮。”

多么微不足道的一句话！从小到大，有许多人夸过邹安的字，邹安已经对这方面的夸奖无动于衷，但是医生的随口的话仍是叫她好欢喜，觉得这是一个好兆头。医生既然注意到了她的字，就证明注意到了她对医生的信任。医生会对她的儿子格外认真的。

“孩子除了先天性唇裂以外，其余非常正常。”医生满意地说。这是一块结实的石头，在上面是可以雕出好花样的。

“是啊。他是个非常健壮的男孩儿。”邹安骄傲地说。她从未能为自己的孩子骄傲过，这一次，在这个外科医生面前，她知道了做一个完美孩子的母亲是多么惬意！

“如果你最后决定了，就把孩子留在我们这儿。”医生说。

“为什么？”邹安没想到她抱着孩子来，却要空手回去。做手术也像修电视机一样，需要放下东西回家静等吗？

“假如决定手术，就由我们的护士负责喂养，以建立感情。你想，在手术恢复的过程中，孩子是不能哭的。一哭，缝好的嘴唇就裂开了。假如直到手术前孩子才离开妈妈，手术后都是陌生人，孩子怎么能不哭呢？假如是大一点儿的孩子，还可以做思想工作，或者干脆吓唬他们。但对这么小的婴儿，只有让他暂且忘记你的脸，记住护士的面孔……”医生娓娓解释着。在医生的逻辑面前，你往往有一种被催眠的感觉，说不出反驳的话。

邹安就两手空空地回家了。

邹安原原本本向妈妈学了医生的话。妈妈沉吟了半天说："孩子是你的。他那么小，自己又决定不了自己的事。可不就由你说了算。你可要慎重。"

邹安说："妈，可我是您的。您说了算。"

妈妈说："我没碰见这样的事。你们生下来的时候，零件都好好的。"

邹安说："妈！连您都讥讽我。我更要让孩子早早把手术做了，成为一个完整的人。"

妈妈抚摩着邹安的头发说："妈不是那个意思。妈只是想说，这么急着做手术，是为了孩子，还是为了你自己？"

邹安听出了妈妈的意思，就说："是为了我，但更是为了孩子。我不断地想，如果我小时候是个豁豁嘴，一定希望在我还不懂事的时候，把它治好。等长大以后，疼也忘了，丑也忘了，完全和正常人一样。假如我的父母推卸了这份责任，非要等我长大了，自己做主，看似仁慈，实则残忍。"

妈妈还不死心，说："你不和他的爸爸商量商量？"

邹安说："这是我制造出的产品，我说了算。"

妈妈就有点儿生气了，说："那你还是我造的呢，我说了怎么不算？"

邹安就恼羞成怒，说："要是你不给我吃兔子肉，这些事就都没有了！"

她明知兔子和这事没关系，还是要狠狠地说。

妈妈就再也不答话了。

在等待手术的日子里，邹安焦灼不安。好多次她想跑到医院，抱回自己的孩子。她想对医生说："我们不做了。我们就这样也挺好。或者等他大些再说吧。"这句话像洪水中的圆木，不停地在思绪中翻滚。直到在睡梦中都流利地说了出来。

妈妈赶忙爬起来说："我的儿！你终于想通了，这多好。我们天一亮就到医院去，把孩子抱回来。"

邹安揉着眼，面无表情地说："刚才的话不算数。"

妈妈就噎在那里，觉得自己的脖子立时长出一个包。

终于到了手术的日子。邹安早上穿了自己最好的衣服，到医院里去。为什么要穿漂亮的衣服呢？儿子还认识妈妈吗？是不是要在孩子的眼里留下最好的模样？她想了半天，才模模糊糊地觉得自己是胆怯了。女人在胆怯的时候，要么借助食物，要么借助衣物，才觉得自己有所依傍。

妈妈说："我跟你一块去吧？"

邹安顽强地说："不用。这是一个很小的手术。"其实她的心里太渴望妈妈和自己一道去了。只要妈妈再坚持一下，她就答应妈妈同去。但是妈妈再没说什么。邹安等了一会儿，见妈妈不会有新的言语了，就毅然决然地出了门。在出门的一刹那，她突然明白了：其实妈妈的心里也害怕医院里漫长的等待。

当邹安真的站在医院的时候，心情反倒平静了。许多重病的人都生机勃勃地活着，她的小儿子一定会被修补得天衣无缝。到那时，她一定全心全意地爱他。

她看到秃头医生，真想对他说点儿什么。说什么呢？无非是拜托了，您多辛苦这类的话，她觉得很俗套。但是不说这些，又说什么呢？她还没来得及想出得体的措辞，秃头医生就先开了口："看看你的儿子吧。看比你自己带的时候是胖了还是瘦了。"

邹安赶紧说："在您这儿，我很放心。"

秃头医生面无表情地让护士把孩子抱过来。几天不见，孩子好像长大了，除了他的嘴，实在是个英俊的男孩儿。邹安突然对他充满了怜爱之情，紧抱在胸前，感觉到他小小的心脏，像一面小鼓，快速而匀称地跳动着……

那个孩子哭了，不安地挣扎着，向四处寻觅……邹安一下子有些慌，虽然她以前不是常抱孩子，但小家伙跟她还是挺熟的。这是怎么了？

护士接过去，孩子就好了。

医生满意地说："这就好了。我们在手术前，都要做这样一次试验。要是孩子还舍不得妈妈，手术就得推迟。现在很好，我们可以开始了。"

邹安最后看到她的孩子时，小家伙已经被"冬眠"了，宁静地躺在手术车上，就要进入手术室。他是那么的小，躺在漂白的手术单子下面，像一本折皱的书。护士轻快地推动着，好像那是一辆空车。

邹安目送着车，她看到那个小小的人儿，很香甜地咀嚼了一下。而且睁了眼，那笑容像春天的一只小鸭子，调皮地浮动在婴儿的脸上。

邹安一会儿坐下一会儿站起。医院手术室外的座椅，被无数亲人的肌肤，磨出油亮的木纹。邹安想：这些椅子将来就是朽了，被人捡去当柴烧，火焰都得是黑色的。

她看过许多这方面手术的书，因此可以穿透墙壁看到里面的情景。

他们给他施行全身麻醉……他们切开皮肤……他们用头发做的丝线开始一层层细密地缝合豁口……他们……

真是无比痛苦的煎熬。邹安觉得自己的双肩像乘坐翻滚过山车一样，被坚硬的钢箍扣死；心脏想冲破皮肤，在光天化日下跳动；流动的血变成了渣滓，晦涩地贴在咽喉；眼球变大，身体温度不断地升高……

随着时间推移，邹安渐渐麻木下来。她知道手术就要结束了，可怕的过程已走到尽头。

邹安对自己说，等儿子长成翩翩美少年时，我一定要告诉他，今天心灵受到的折磨。

一个护士急匆匆地跑出来，说：“谁是邹安子的母亲？”

邹安一时没听明白，愣了一下才反应过来。

当初孩子住院的时候，登记处问："这孩子叫什么名字？"邹安说："还没有给他起大名呢。等手术成功了，起个好名字。"

登记处说："那也得有个名字啊，不然怎么写病历？"

于是邹安慌忙站起来，说："我就是。"

护士说："快进去看看你的孩子吧。"

邹安说："手术成功了？"

护士说："手术倒是成功了，只是孩子不行了。麻醉太深了，孩子醒不过来了。"

这一次，邹安没晕倒。她像做梦一般地跟着护士进了洁白的手术室，轻盈得仿佛在太空中穿行。

她的小儿子宁静地躺在手术床上，无声无息，像一片已融化成水的雪花。

他的脸是出奇的完美，父母双方的优点全显现出来了。尤其是他的嘴唇，修补得天衣无缝，曲线柔和得如同沙漠上最优美的沙丘。

一座白沙丘。

梦　坊

温卡在街上无目的地走着。要说完全无目的，也不确实。温卡要让眼睛不断接受霓虹灯的刺激，用慌乱的光斑来扰动自己，从微弱的动荡中，证明自己与这个世界的联系。

温卡是个美丽的女孩儿。温卡失恋了。美丽的女孩儿失恋的时候，比丑陋的女孩儿更加哀伤。她想不通自己如此美丽，为什么还是被抛弃。温卡对自己的评价，如同爬过了最高点的过山羊，头朝下栽了下来。黏滞的哀伤和恐惧，从头发丝浸染到脚指甲。

温卡疯狂地买东西，特别是那些贴身的女性生活用品，既然恋人已不肯抚摩，就让这些幽冷的丝绸和暖煦的棉布代替他的手吧。

百无聊赖的温卡，看到街边有一间窄窄的黑色的门。门的上面有两个银亮的字——梦坊，那两个字当然不是纯银的，纯银的字在风雨中会晦暗生锈，“梦坊”在油黑的底色上凸起，表明是某种生机勃勃的贵金属制造。

“梦坊”是什么意思呢？是不是造梦？如同染坊或是玉坊？把一段粗糙的怀念凿出斑斓雕出孔隙？或是如同当年用梧桐叶子发明了皮影的妃子，来一段招魂的法术？

温卡现在是除了科学以外，什么都相信的。她走进了梦坊，梦坊的门看着厚重，其实是轻快的。温卡看到了充满温馨的接待台，一位坠着长长耳环的小姐，微笑着同温卡打招呼。她的耳环前后摇动，好似两把锋利的小直尺。温卡说：“梦坊，好奇怪的名字啊。是想做什么梦，就会做什么梦吗？梦到一个人需要很多钱吗？这个人在你的梦里，能说你喜欢听的话吗？”

直尺小姐说：“这里不是造梦的地方，是解梦的地方。如果用专业的术语说，就是‘释梦’。”

温卡有些失望。温卡有很多破碎如渣的梦，温卡不想让自己的生活变得更紊乱。温卡说：“你们是迷信啊。”

小姐说：“知道一个伟大的犹太人吗？”

温卡说：“知道的，马克思。”

小姐笑了说：“对。可是还有一个伟大的犹太人。”

温卡说：“我也知道的。他是爱因斯坦。”

小姐说：“你知道第三个伟大的犹太人是谁吗？”

温卡不好意思地说：“我不知道了。他是一个歌手或是银行家吗？”

直尺小姐说："他就是弗洛伊德。弗洛伊德开创了对梦的解析。你不能说他是迷信。如果你说他是迷信，你就是愚昧了。"

温卡对这种批评性的语言，现在很能接受。她觉得自己一败涂地，如果谁夸奖她，就会疑他不怀好意；如果贬斥她，反而觉得真实。她对直尺小姐说："如何释梦呢？一对一坐着？如同医生对病人那样？"

直尺小姐此刻两肩端正，一动也不动地说："我们有一个小组，所有的组员都是希望解释自己的梦的人。"

温卡很沮丧地说："原来是一群要求解梦的人互相聊天。这种互助组有效率吗？"

直尺小姐说："有心理博士帮助你，让你知道你的梦对你说了什么。如果你不理睬你的梦，它就会反复地同你说。直到你懂得或是彻底厌倦。"

温卡想到自己经常做一个噩梦，难道是自己的心打印出的密令吗？温卡说："我报名。"

小姐说："好的。请你填写这些表格。"

温卡慢慢地填写了那些表格。表格上，除了她的名字性别地址是真的，其余的都是假的。比如她把自己大学助教的身份，衰减为只受过高中教育。她把自己的年龄缩小了五岁。她还把籍贯从江南的小镇改成了首都。当把这一切都完成之后，温卡就对梦坊产生了期待。

“梦坊什么时候开始活动呢？”温卡问。她已经知道活动为了方便白领们，定在每周周末。

直尺小姐说：“我不知道。这要看情况。”

温卡说：“看谁的情况呢？老师吗？”

直尺小姐说：“主要是看有多少人报名参加此次的梦坊。人足够多，很快就会开班。如果相反，就要等等。”

温卡说：“我明白了。它像一个出国旅游团。如果人不够了，就可能取消。”

直尺小姐说：“我们从来没有取消过梦坊，只是等待的时间会长短不一。”

温卡交了费就走出了梦坊。温卡的心情比刚才要好了一些，因为她有了新的期待。很快，她就收到了梦坊在下周末开始活动的通知。那一天去梦坊的时候，温卡为自己的着装费了思量。她近来灰头土脸不修边幅，在华丽的内衣之外包裹的都是松垮的过时服装。今天，结识一批素不相识的梦友，温卡有点儿吃不准自己形象的尺度。但是，她很快就不为此事发愁了。她想起了自己填的表，就穿了一条牛仔裤和一件旧 T 恤衫出门了。

梦坊的活动室是间很大的空房子。屋子里什么都没有，只有人，大约二十名吧，男女老少。看到他们互相规避的眼神，温卡就知道他们是梦友。指导大家释梦的博士还没有来。门开了，大家众星拱月般地望去，以为是博士来了，看到的却是云朵一般移动的垫子群。当垫子一个个脱落到木地板上。才露出了垫子下面的直尺小姐。今天她佩戴的是小小的珊瑚样的耳坠。由于搬运的劳作和垫子的捂盖，直尺的头发都汗湿了，如同京戏青衣的贴片黏在腮上。

大家说："为什么不叫我们一道搬呢？"

直尺说："蔺博士不许的。蔺博士需要大家没有见面之前，保持距离。"

梦友们就有些不明白这距离是指博士和大家，还是大家和垫子的距离。每个垫子都很大，几乎像一床小褥子。有的人来得早，站得累了，也就不管什么距离不距离的，拉过一个垫子坐下，很惬意地伸长了自己的腿。垫子的花样略有不同，有花朵和素色两种。温卡挑了一个纯紫色的垫子。很快，后面的人就没有法子挑垫子了。因为垫子的数目，如同饭店餐桌上那些精巧的细点，是按照来宾的数目预备的。

待大家都坐好之后，一位优雅的女士走进来，说："大家好！"大家就慢声回答着"你好"。女士说："我是本次梦坊的指导老师蔺兰博士。"大家的脊背就一下子在坐垫上挺直了。温卡有些失望。蔺博士太秀丽了，温卡现在对秀丽也有一种疲倦。蔺兰也比想象中要年轻。就在温卡失望当中，蔺兰博士已经介绍完了她的心理学从业经历。温卡对这些不感兴趣，经过在大学的历练，温卡对威名赫赫的学校和种种头衔有了很好的定力。她希望的是朴素的真才实学，比如能否让她明白自己的梦。

蔺兰说："你们知道了我，我也知道了你们，是从你们的表上。可是你们彼此之间是不知道的。下面，我想让大家互相知道。第一个步骤是，大家 AB 制报数。"

轻微的沉默。因为不知道具体的操作怎样进行。一个剃了板寸的小伙子说："我只会 AA 制。"蔺兰微笑道："是我疏忽了。大家报数吧。一个人报 A，下一个人报 B，就这样简单。"

梦友们就照此办理了。温卡报到了"A"。温卡喜欢 A，温卡觉得这是一个好兆头。温卡注意到板寸小伙子报了"B"。现在，垫子上的人被分成了两组。蔺兰说："好。每一个 A 随便找一个 B，结成对子吧。"

温卡就暗暗叫苦。依她现在的心情，哪里愿意和什么人结成对子啊。迟疑间，那个小伙子就像街边乞讨的残疾人，双膝扭着垫子，挪到温卡的面前，从厚厚的嘴唇中吐出："咱俩一组吧。"

温卡说："你反客为主了。我是 A 啊。"

小伙子说："我看你闭关自守的样子，索性就主动了。反正总要结成对子，和谁都一样的。"

环顾周围的人已一一对应，温卡也和小伙子面对面地坐好。蔺兰博士说："现在，互相介绍自己的情况。"

小伙子说："你先说还是我先说？"

温卡说："随便。"她其实是希望自己后说的，因为她要为自己编一份伪造的简历，这需要时间。

小伙子说："本来应该是A先开始的。但我先来吧。"

温卡点点头，算作默许。她喜欢善解人意。小伙子说："我叫童语。童叟无欺的童，胡言乱语的语，记住童言无忌就记住我了。二十八岁，未婚，一家网站的业务总监。那天偶然经过这里，觉着好玩儿。就这样。"

温卡无动于衷地看着他。童语说："完了，该你了。"温卡面无表情，但老师的既定计划，她不能不完成。于是她慢慢地说："我叫温卡，高中毕业。无业，到处游逛。父母都死了。还有什么？没了。"

童语的脸暗了，温卡想这一定是因为面前的女孩儿没上过大学而生出的歧视。童语说："你的名字很奇怪。能告诉我为什么吗？"这个家伙挺狡猾的，一下子就不动声色地把话题深入了。但温卡不想理他，就说："有什么奇怪的？随便起的。"

童语说："你是独女吗？"

温卡说："这和你有什么关系？"

童语说："当然有关系了。因为听到你的名字，我想起了一个人。熟人，你也认识的。"

温卡说："说得这么肯定？我不会认识的。"

童语说："你一定认识。"

温卡对他的武断不耐烦，说："你说出来吧。如果认识，我就说认识，如果不认识，请以后讲话留点儿余地。"

童语收敛起笑容说："我想起了万卡。你这个人，出生的时候是难产，然后又没有兄弟姐妹，现在这样忧郁，真比契诃夫笔下的万卡还惨！"

温卡不由得笑道："谢谢你这么富有同情心啊。我不是万卡，再说啦，你凭什么说我是难产？"微笑牵动了温卡脸上的肌肉，温卡这才发现自己很长时间没有让肌肉这样运动过了。

童语说："你想啊，叫作'卡'，肯定是生得不顺畅啊。"

温卡笑着嗔怪说："你这不是童言无忌，而是性骚扰了。"

童语说："笑了好。哪怕是被我的黄色笑话逗笑的，也比把脸皮皱得像个海参好。"

蔺博士说："大家都相互介绍完了吗？"

大部分人说"完了"，小部分人说"没完"。蔺博士就说："那我们再等一分钟。"

在这一分钟的时间里，温卡和童语都没再说话。他们刚才结束在一个笑容中，谁都不想再用什么东西覆盖它。

一分钟后，蔺博士说："现在，所有人的 A 都站起来，然后，B 站在 A 的后面。"屋内就"娑娑"地响起来，A 角站在前面，后面跟着 B 角。温卡环顾四周，想起早年间的一个游戏——木头人，一对对傻站着。

蔺博士说："每个B角要躲在A角的身后，把A刚才的自我介绍说出来。"

一个新奇的考试。大家对别人都很淡漠。B角漏洞百出，A角哭笑不得。轮到童语了，他把自己高大的身躯隐没在娇小的温卡之后，清清嗓子，用有气无力的声音说："我叫温卡，高中毕业，无业，到处游逛。父母都死了。"

温卡吃了一惊，他复述得那样准确，那样哀伤无助，是语言和情感的双重复读机。尽管这是一个谎言，但四周一下子变得如此安静，温卡感到目光聚焦时的灼热。

之后，蔺博士又布置B角站在前，A角隐没，然后代叙B的简介。温卡料到会有这样的交换场地，但她已无法弥补刚才的涣散。她把全部肢体缩在童语身后，希望大家看不到她。她说："我叫童语，智叟的叟，语文的语。好像……是搞计算机的……"

大家很耐心，等着结结巴巴的温卡把话说完，但温卡说不下去了，脑海中关于童语的印象都倒出了。人们一时想不清智叟和童语有什么关联，就悄声议论起来。

温卡以为蔺博士会对此发表意见，但蔺博士什么也没有说。当所有的AB角都讲完之后，蔺博士说："刚才介绍得好不好，相信每一个人都会有自己的评判。它反映出你对待别人的态度，也反映出你对这个世界的关注。这些都和我们的梦境有着丝丝入扣的关系。”

终于进入梦境的解释了，温卡很高兴。她不好意思地看了看童语，童语很专注地听着老师的传授，并不接纳她歉意的目光。终于到了活动结束的时候，温卡对童语说：“对不起。”

童语说：“也许我该说‘没什么’，可是我不说这句话。因为你没有什么对不起我的地方。”

温卡说：“你不要故意装得没事人一样。我知道你是在乎的。”

童语说：“如果说我在乎，那就是以后我的自我介绍，会更好记一点儿。比如我会说童话的童，三言两语的语，省得让你想起愚公移山什么的。你知道，干网络这一行，让人记住是很重要的。”

“谢谢你那么仔细地记住了我的简介。”温卡说着，就独自走出了梦坊。今天的活动，让她看到了自己的漠然。是啊，如果一个人清醒的时候，都无法记住别人，自己又躲在一份编造的假面之后，那么生活又有什么真实的意义呢。温卡问自己。

梦坊其实是一个普及释梦的学习班，蔺兰博士的课程是很学术的。当理论的学习告一段落，也是活动接近尾声的时候，大家强烈要求蔺兰博士做一次释梦的示范。温卡当然是非常踊跃的呼吁者，因为她那反复出现的噩梦，虽然最近发作的次数少些了，但并没有去根。这就好像患有一种奇怪的病症，如果诊断不清，即使痊愈了，你也会隐隐作痛。

“老师，我有一个梦，困扰了我许久，我很想对它有一个解释，就请用我的这个梦做个例子吧。”温卡说。

又有几个同学举起了手，他们都有梦。蔺博士说：“谢谢大家的勇气。”

温卡说：“这和勇气有何关系呢？”

蔺博士说：“你的梦就是一个另外的你。它隐藏在黑色的睡眠中，却不倦地向你发出警报。意识只占整个智慧的百分之五，潜意识占了百分之九十五。梦是潜意识的代言人。你让我们听你的心，这当然是对大家的信任了。”

温卡有一点儿紧张，梦真能像潜意识的使节，把自己出卖吗？可自己究竟是怎样的，不是连自己也不清楚吗？认识你自己，是非常繁难的事情，如果梦能帮这个忙，即使在众人面前坦露一切，也是值得。

温卡以为博士会因为自己的勇敢，答应自己的请求，没想到博士说：“释梦的材料必须是新鲜的，像没有落到地上的露珠那样完整和清新。如果是一个陈旧的梦，就像风沙掩埋的废墟，你无法精确地复原它的全貌。所以，为了我们实验案例的准确，我需要案主提供刚刚结束的梦。请原谅，我把提供分析材料的人称为‘案主’，这和公安局的‘案主’不是一个意思。具体的安排是这样的，在下一次聚会的前夜，临睡前，你把纸笔放在枕边……”

童语打断了老师的讲述，说：“你的意思是在睡眠中记下自己的梦境？在黑暗中奋笔疾书，这是不是有些恐怖？”

蔺博士说：“你的前半部分说得很对，童语。最淡的墨水也胜过最强的记忆，特别是大梦初醒时的记忆。午夜的记忆是一个奸细，无论它当时多么完整，都会在阳光下褪色变形。准备好下水流利的笔和柔韧的纸张，当你从梦中醒来的时候，就快速记录下梦的梗概，尽量多地保留细节。”

梦友们就发出叽叽喳喳的议论声，似乎在各自谋划用何种设备猎住梦的脚印。童语说：“还有其他的方法吗？”说完他向大家特别是温卡方向做了一个鬼脸，对自己的穷追不舍表示歉意。蔺博士说：“如果你觉得夜里起身太麻烦，自己又对机械操纵熟练的话，可以准备一个简单的录音机。半夜醒来，迅速打开，对着它详尽描绘梦境。”

大家沙沙地做笔记，虽然这不复杂，但还是记下来周全。温卡没有动笔，记在脑子中了。温卡还有另外的顾虑，说：“梦是不听指挥的，当你想要它来它却偏不来的时候，有什么办法呢？”

博士说：“我没有办法。我们没有办法操纵潜意识，就像没有办法操纵太阳。”

温卡几近绝望了。她是那种一逢大考必然心慌气短水准失常的人。那常常烦扰她的噩梦，大约也是这个脾气，到了需要它现身说法的时候，它也晕场。没办法，只有碰运气了，但愿那个梦能恶向胆边生，风雨无阻驾临。

也许和温卡有相似经历的人太多，场上气氛有些茫然。蔺博士不喜欢忧闷的氛围，就说："让我告诉大家一个诀窍，如果你照着做，也许梦婆婆就会光临你枕上。"

大家眼睛放光，蔺博士说："给自己一床舒适的被子。不要太厚也不要太薄。枕头呢，不要太高也不要太矮。然后对自己说，今天晚上，我要做一个梦。连说三十遍……"

大家就惊呼起来，说："三十遍！那么多啊！"

蔺博士说："三十遍还不一定行呢。试试吧。每个人接受暗示的敏感度是不一样的。"

温卡知道自己是一个很敏感的人，但是否暗示性也很高，就没有把握了。她再次问老师："您还有什么法子呢？"

老师就笑了，她也很希望温卡能做一个梦，那不单是份良好的教材，而且能帮助她认识自己。老师说："好吧。既然有人这么热心求梦，我就贡献一个偏方。先说好，这不在科学的范畴之内，你可以信也可以不信。"

凡是这样开了头的话，往往就激起了更大的好奇。如一粒鱼食撒下池塘，垫子如同斑斓而饥饿的鱼，聚首而来。

蔺兰说："你需备纯红无瑕的枫叶一枚，放在自己的枕下。再备纯绿无瑕的苇叶一根，也放在自己的枕下。然后，你就睡觉吧。如果做了这许多的准备工作，梦婆婆还是不肯造访梦境的话，我要恭喜你，你的睡眠实在是好，是福气啊。”

蔺兰说完，大家就议论纷纷。说现在距端午还有些日子，但商场已有苇叶在出卖。如果努力寻觅，应该没有问题。但是纯红的枫叶实在难杀人也。香山的树叶苍翠可爱，可距离凋落的凄红还有远远的时日呢！

有人问：“若是吃了粽子，再把那苇叶洗净压在枕下，可行？”

蔺兰说：“不行，粽子叶会有折痕。粽子是属于屈原的，不能再属于你。”

温卡觉得红叶是一个难题。她想起了有一种水晶过塑的书签，栖息着端庄的红叶。她说：“假如把红叶从塑料封套里掏出来，可行？”

蔺兰是从国外回来的，还没有见过这种书签。大家就七嘴八舌地解释，希望它能代表纯红无瑕。蔺兰听明白了，说：“不行。它并不无瑕，已被各种指纹拂过。”

大家就索然了。看看结束的时间已到，蔺兰说：“咱们下周见。祝大家做个好梦。”

温卡每天都在为纯红无瑕的枫叶犯愁。树上没有，干花店也没有。苇叶倒是找到了纯绿无瑕的，但在等待枫叶的过程中，它们变得萎黄，温卡只好反复购买。几次之后，超市的小姐已经认识她，以为她是一个狂热的粽子爱好者。在没有纯红枫叶的夜晚，温卡睡得很安然。梦婆婆坚决地拒绝拜访她，让温卡在一夜好睡之后沮丧不已。她无计可施，每晚的纸笔都派不上用场，荒着。星期五的晚上，温卡简直坐立不安了。如果今晚无梦，明天就无法分析。后天，梦坊就结束了。

焦灼中，电话响了，居然是童语。童语说："你有梦了吗？"

温卡说："没有，你呢？"

童语避而不答，只说："我有了无瑕的纯红的枫叶。"

温卡大感兴趣："你哪里来的？"

童语说："是我制造出来的。"

温卡不信说："你怎能让时光飞转？"

童语说："你想要这红叶吗？"

温卡说："那还用说！"

童语说："那你等着，我这就给你送去。"

温卡告诉了童语自己的地址，在等待童语的时间里，温卡想到了一个问题——童语是怎样知道自己的电话的？即使是在登记表上，她也没有留下自己的电话。

童语很快来了。梦坊之外的童语，显得随意和活跃，他的板寸长了，不曾梳理，就显出男孩儿的顽皮。他说："温卡，知道我是怎样把红叶制造出来的吗？"

温卡说："我先想知道你是怎样知道了我的电话。"

童语说："对于一个电脑工程师来说，这并不困难，就像制造红叶。"说着童语拿出红叶。

温卡还从未见过如此纯粹猩红的叶子，平整光洁如锻造的红铜。

温卡抚摩着红叶，手指就有了稀薄的润滑，说："真的呀？"

童语说："现在假的东西太多，人们把真的也当成假的。"

温卡说："还有人保存着旧年的红叶？居然还带着水汽？"

童语说："这不是旧年的红叶，是新鲜的红叶。"

温卡说："骗人。现在才什么时候，叶子就红了？"

童语说："叶子红了是因为温度。当我给了绿叶温度，它就变成了红叶。"

温卡的心在叶子的照耀下，渐渐变暖。温卡故意说："其实我看老师让我们找红叶，不过是个过程。因为一心向往，埋头愿望，就很容易真的做梦了。"

童语说："那么纵使叶子是假的，心却是真的了。"

童语屡屡说到"假"，温卡就知道他是有所指了。温卡说："不好意思。那天我说了假话，连累你也替我说假话。"

童语说："那天我就知道你说的是假话。可是，一个人说假话，必有他的原因。因为说假话是很辛苦的，放着简单的事不做，而拣辛苦的事做，那一定是有一个大原因的。”

温卡低下头说：“谢谢你的理解。那时我陷在一个深深的痛苦中。当人快乐的时候，就会以真话对人。”

童语留下了红叶，就告辞了。温卡请他在自己的小屋里再坐一会儿，童语说：“不了，还有几个梦友在等着我送红叶呢。”

温卡这才知道，童语并不是只把红叶送给自己。想到这一点，温卡先是有些高兴，如果童语只送自己，她觉得压力太大了。但知道了童语要送很多人，又有些怅然。

晚上，温卡把苇叶和红叶平平展展地压在枕头下，如同小时候“六一”前压住红领巾。夜里，温卡起来了好几次，她的手指在暗夜中唰唰记录，如同被魔鬼役使的书记员。早上，她看到那些大而潦草的字，几乎不敢相信是自己写的。但它们忠诚地钓起了奇诡的梦境。温卡欣喜又遗憾。欣喜那是一个全新的梦，遗憾那旧而险恶的梦，就这样不辞而别了。

温卡想给童语打电话，告知红叶的功效，这才想起，自己不知道他的号码，只得把这一份感激贮着。塞车让温卡在蔺博士开讲之后才进入梦坊，来不及说话，只向童语挤了一下眼睛。当然不是两只眼睛一起挤，那只会让人以为是沙眼犯了。温卡只眨一只眼睛。温卡好久不做这种俏皮的动作了，动作有点儿大，半张嘴角都翘了上去。

蔺博士继续说她的话："既然有这么多的朋友都带来了梦的标本，那我们怎样确定到底解释谁的梦呢？这让我很为难……"

温卡明白在自己进来之前，已经统计了要求释梦的人数。温卡插嘴道："老师，我也带来了梦。"

蔺博士说："嗯，现在情况就更纷杂了。这么多的人，如何好呢？"她的身子探向大家。大家说："抓阄吧。"

蔺兰说："这个法子对梦者是公平的。但从我这个当老师的角度说，更希望遇到一个复杂的梦，我想同学们也希望碰到一个有着多重寓意的梦。就像玉匠雕刻一块有水胆的玛瑙，更有无限的乐趣和挑战。我们让每个愿意公开释梦的朋友，到讲台前讲讲他的梦。时间是一分钟。然后，我们来个全民公决。每个人只有一票，可以弃权，却不可以重复选举。每个梦者也都有一票……"

童语插嘴道："可以投给自己吗？"

蔺兰说："当然了，可以。"

童语又说："那么，您会投票吗？"

蔺兰说："我会投票的，但大家不要受我的影响。都同意吗？"

教室里响起了掌声。温卡没想到这么多的人有梦，更没想到要用梦与别人一争短长。要是在以前，温卡会选择放弃，但是，想到这个梦是那么不容易才诞生的，温卡决定为自己的梦争取选票。

共有五个梦进入竞选。温卡是第四位述梦者。温卡是个很好的讲师，但温卡不知道如何描述自己的梦，感到惶恐。温卡担忧自己的梦能不能打垮其他四个梦。温卡听前面的人述说他们的梦，每一个梦都精彩扑朔，让人着迷。如果它们不是自己的竞争对手，温卡会非常期待窥测它们的内核。但是，温卡此刻必须要让自己的梦比它们更神秘有力。

轮到温卡了。温卡从垫子上站起来，拿着自己的笔记本，用那些粗大纷乱的字体，吸住了大家的眼球。温卡说："这就是我的梦留下的痕迹。我把它们念出来，它们是真实的，起码是最大限度地逼近了真实。我不明白它们的意思。如果你明白，请你告诉我。如果你也不明白，就请给它一个机会，让老师来破译它。梦会感谢你们。"

温卡说完了这些话，就开始念她的梦。她本想念得跌宕起伏，但她不是一个好的朗诵家。她平铺直叙地念完了自己的梦。她甚至无法猜测大家如何看待它，大家都很平静。最后一个展示梦的风采的人是童语，童语说得很动感情，但温卡没有听进去。温卡沉浸在自己的梦里，无法自拔。

都说完了，开始投票了。大家端坐在自己的垫子上，目光收缩成管状，不同他人交换信息。开始的几个梦，梦者都投了自己一票，但每个梦只收获了很少的票数，人们惜票如金。轮到温卡了，温卡高高地举起了自己的手，她希望自己的手能有传染性，像头羊一样带动其他的手臂。她真的看到一只又一只的臂膀举起来了，但终于不再有新的手臂举起。温卡迅速计算了选票，也预算了童语将要得到的票。她的票数比童语要少一张。最重要的是蔺兰的手一直没有举起，很明显她是要投给童语的梦了。温卡轻轻地叹了一口气，她知道自己的梦要安息了。就在这时，童语把自己的手臂举起来，场上发生了轻轻的骚动，这是生杀予夺的一票啊。

蔺兰解析了温卡的梦。温卡这才知道她的潜意识告诉她，她已经从伤害中逃出来了，新的生活在呼唤着她。

梦坊结束了。童语和温卡告别。

温卡说："告诉我你的电话。"

童语说："你是想知道枫叶是如何变红的吗？"

温卡说："我还想知道得更多……"

预约死亡

淡蓝色卡片。病危通知单。

夫接过它，眼睛忽而大忽而小地凝视着。因为夫的面色偏黄，在蓝光的辉映下，显出绿来。

姓名：毕淑敏

年龄：70 岁

性别：女

籍贯：山东

诊断：肝癌晚期

……

夫翻来覆去地检视着，好像在欣赏深秋原野上最后一朵矢车菊。

“开什么玩笑。”夫说。

我说："不是开玩笑。是真的。"

夫说："什么是真的？70岁吗？肝癌吗？为什么要选择70？这是你的吉祥数吗？还有肝癌，就是一定要得癌症，就得别的癌好了，不要选肝癌。我第一次听到这种病，还是在'毛主席的好干部'焦裕禄身上，是它把焦裕禄的藤椅扶手抵出了一个洞。"

我说："70是上了诗歌的，杜甫语录，而且我认为70是一个界限。70以前算短寿，70以后就死而无憾了。至于肝癌，鉴于你不愿意听，我可以改为胰腺癌。"

夫说："你饶了我吧，最主要的是饶了你自己好不好？为什么非要选择这些绝顶可怕的罪名折磨自己？"

我说："这不是罪名，是病，况且，都一样。"

夫说："什么都一样？病是不一样的。感冒只会使我们趴在床上，可癌会使我们死亡。"

我说："你不错，在给一名优秀的内科医生当了近二十年的丈夫后，已经相当内行。有人是久病成医，你是久爱成医。"

夫说："我们不说这个话题好不好？我知道你最近在临终关怀医院采访，今天就弄了这个劳什子来吓我。我们离死还远着呢，我们还年轻。"

我拿起小镜子，照照夫又照照我。屋里有许多镜子，可惜都像木板一样镶在固定的地方。我们每天走到那个角落打量自己，光线总是从特定的角度照着我们。在朦胧的旮旯里，我们总以为韶华依旧。

现在小镜子近在咫尺地逼视着你，你看得清岁月之网每一个绳扣。

夫说：“镜子老了。”

我从书包里往外掏磁带。精致的小盒子像一块块果酱夹心饼干，从我的指尖柔滑地脱落。

夫从录音磁带的夹层里拈出一张张内容提示。这是我在偷录的间隙匆匆写就，潦草不堪。

86 岁的阿尔茨海默病病人叱骂医务人员。

五男二女要求拔下其母的氧气管。

英国临终关怀医学专家詹姆斯博士参观医院时的对话。

……

我把一盒磁带卡进音响，揿下按键。

极为急促的呼吸声，夹杂着怪异的喘息。

“知道这是什么声音吗？”我问。

“听说有一种 ××× 级的录音带，录的是人们造爱时的音响，可惜咱无缘见识到。这就是吗？”夫说。

“不要想入非非，这是一位垂危病人最后的呼吸。你或我或是其他的任何人，都有可能发出这种声音。只是那时自己不一定听得清。人生应该完整，我怕你听不到，才特地录来这最后的华彩。好好听听吧。人和人其实相像，生的时候都是一样的血污，死的时候都是一样的抽噎。明晰地知道这个全过程，该是文明人类的需要。”

夫说：“你赶快把它关了，我拒绝知道。”

我指点说：“这是最后的叹息，其后就是永恒的沉寂。”

高保真的音响并没有听从我的预告，在那个老人艰难地嘘出悠悠长气之后，是一声尖锐的汽车喇叭——临终关怀医院设在马路边。

“这里还有癌症病人痛苦的呻吟。”我说，换了一盘磁带。

“我不听。不听，不听！”夫斩钉截铁地说，甚至还用双手捂住耳朵。这个动作使他显得很幼稚。死亡使我们所有的人幼稚。

“你不要以为人们知道得越多越好，好奇心是有限的。我知道你是想写一篇有关临终关怀的文章，可是我要告诉你，没有人想看这样的文章，人们拒绝谈论死亡。”夫索性走过去，锁住声音。

我知道夫说的是事实，我们这个民族不喜欢议论普通人的死亡。我们崇尚的是壮烈的死，惨烈的死，贞节的死，苦难的死，我们蔑视平平常常的死。一个伟人说，人固有一死，或重于泰山，或轻于鸿毛。我们就不由自主地以为世上只有这两种死法。其实大多数人的死像一块鹅卵石，说不上太重，但也不至于飘起来。

你可以拒绝一切，但不可以拒绝死亡。拒绝可以把世俗的一切圈在外面，好像一座荒凉的古堡。但死亡会大踏步地越过藩篱，镇定地挡住你的去路。

我决定探索普通人的死，看不看由你。

“益寿司吉”。

临终关怀医院的门楣上漆着这四个字，大而红，像四只巨蟹。我是第一次看到这几个字组合在一起，竟念成“益寿吉司”，觉得甚好。

这是执掌人生死的一座殿堂。对，还是司局级的。

“口”字形的院子，镶玻璃的回廊，几十间病房，奶白色的雾气萦绕其上。一片静谧的院落里，晾着许多带蓝色条纹的衣裤，有尖细的冰锥悬在衣物的最低点。

我当过许多年的医生，我知道这个行当里的许多秘密。我决定不暴露我的医生经历，让医院的医生护士在完全不戒备的情形下自由发言，以便更客观更冷静地描述我见到的一切。

院长是一位中年妇人，身材姣好，但是头发散乱。这使我对她的第一印象颇好，好的女医生多半不修边幅。假如她长得一般也就罢了，要是她天生丽质还不知珍爱自己，你就可以放心大胆地依赖她的医术了。

“就这么说吗？”她看完我的介绍信，问。

“随便说。”我在衣兜里按了录音机，“要不我问您什么，您就答什么也行。您是怎么想起来办这家临终关怀医院的？”

“那时候我还是个医学生。我常常听到老医生对病人的家属说：‘回去吧，什么好吃就弄点儿什么吃。’病人家属就乖乖地把病人推走了。我说：‘为什么不把他们留下来试一试呢？’老医生说：‘医生医生，是只医得了生而管不了死的。他们已经没有医治的价值了。做什么都要有价值，识别出什么病人有价值，什么病人没有价值，是医生经验的象征。年轻人，你慢慢摸索。’我说：‘那他们怎么办？那些已经没有医治价值可是还活着的人？’老医生说：‘那不是我们的事，那是人类的一个死角。’后来我的经验渐渐丰富了，我非常希望自己把他们忘掉，医生的基本功训练之一，就是让自己的心灵逐渐粗糙。可是随着我见过的死亡越多，我越发现死亡是那样的不平等。我私下里做过一个调查，您知道人一般是死在哪里吗？”

“不知道。医院里吧？”我没有多大把握地说。

“大多数人都会这样说，可是严酷的数字说明，只有三分之一的人是死在医院洁白的病床上，他们大部分是年轻人或是高干。一直到死，都有人服侍他们。普通的老人就没有这番待遇了。三分之一的人死在急救车里，家里的人发现他们不行了，赶快往医院运，铁皮的救护车就成了最后的归宿。还有三分之一的老人死在家里。可以说，假如你是一个平民，你多半是在没有医疗保护的情景下寂寞地死去。生命是一个完整的过程，作为中国人，我们画得不圆。”院长忧郁地注视着我，那目光分明是为我将来的死亡之地惋惜。

“所以您就创办了这所医院？”我避开她悲天悯人的视线。

“是的，很难。租房子，添设备，招人手……”

“这里一共有过多少人？”我问。

“您是说工作人员吗？”

“不是。我是说，这里一共住过多少病人？”

“几百人。”她说，“我们建院的时间还不长，今年会达到一千人。”

“所有的病人都……死了吗？”我说。

“是的，绝大多数的病人都去了。我们医院的平均住院时间是 13.7 天。您知道这是一个什么概念吗？”

“知道，就是说您这里的病人，基本上在不到两周的时间内，就会死亡。”我说。

“您理解得很正确，他们全都去了。”院长看着苍凉的天空。今天天气不好，有极细小的雪花趴在她的发丝上。

“我们到病房里看看吧。”她说。我跟在她身后，向低矮的平房走去。在临推开病房门的一刹那，她停顿了一下，回头望了望我。我脸上的神色很泰然。多年行医的磨炼，我不怕死人不怕鲜血不怕粪便不怕丑陋。

但我还是不由自主地深吸一口气，好像人们要潜进深水时那样。毕竟我知道门里的那个世界和我们不大一样。

阴阳界。

生命像一只旧钩子，悬挂着我们的躯体。从我们降生的那一瞬起，钩子就在时间的峭壁上承受重量。你的钩子结实不结实？不知道。随着我们身心的渐渐膨胀，那个钩子像受了热的塑料渐渐抻长。当然，一般说来它的质量还是不错的，不会戛然断裂。但它的韧度被岁月磨损，当灰尘的重量越积越多的时候，终有一天，那钩子像水龙头口一粒将滴未滴的水珠，缩入颈子般的窄处。钩子就要断裂了……

房间里摆着两张床，通常医院的模样。床上是空的。我想院长不可能随时随地掌握病床的周转，她误把我领进一间空屋。

就在我礼貌地准备退出的时候，我发现那床上其实是有人的。

我在心理上已经预备了他们的瘦，但现实仍然令我震骇。

他们比骷髅还干瘪，骷髅是洗练而洁白的，棱角分明。他们连这种力度也没有，完全是枯萎的雪片。床单细碎的折纹，就是他们躯体的轮廓了。枕头上是一只空罐头盒，青灰色地塌陷着。有一些不很显著的洞穴点缀其上，我在其中两颗平行的洞里，看到绝望而平和的星光。

“您叫什么名字？”我问。

没有人回答。

“多大岁数了？”

“得的是什么病啊？”

“现在感觉怎么样？”

我锲而不舍地询问，一律没有回答。屋子里很暖和，强悍的气流冲击着暖气管的内壁，啪啪作响。

“他们不会回答您的，世界在他们心中已经不存在了。他们只是在等待，等待上路。到远方去。”院长说。

也许是看我太急于和这些人交谈，在另一间病房里，院长代我发问。

“您觉得好吗？”

“我八十四了。七十三，八十四，阎王不叫自己去。”一位老太太瘪着嘴说，“大夫常来，护士也常来。那些闺女叫我老祖。不用叫老祖，叫老太就行。都好，可就是不去。不去就拖累人，早去了早好。”她看着院长说，一副充满表现欲的样子。

我看了一眼她床头的诊断牌：阿尔茨海默病。

“这几句话并不痴呆啊？很有逻辑，很完整。”我轻声对院长说。

“老人们也很要强。他们像小孩儿似的，要在生人面前表现表现。刚才这几句话，把她一天的精气神儿都耗竭了，咱们走后，得昏睡一整天。她还记得我是院长，一个劲儿地说医生护士的好话。挺可爱的。”

“您是说，她在痴呆之中，还记得讨好别人？”我说。

“是啊，这很正常。她一生都是个小人物，她知道小人物该怎么过活。别的都忘了，这个不会忘。她到最后一口气都还记着自己见什么人说什么话。”院长说。

我们一间间屋子走过去，濒死的人是那么的相似。极端瘦弱，极端淡漠。在这个过程中，你觉得自己快速衰老。

回到办公室，院长说：“您不是问我有没有活着出去的人吗？我想起来了，有一个的……”

那是一个初春的下午，乍暖还寒最难将息的时候。一个瘦瘦的男子走进来。他华贵的变色镜由于屋内昏暗的光线逐渐变得清澈透明，更显出他脸色的苍白。

他张了张嘴，没有出声，像一个剜去了肉的河蚌，干燥地敞着唇。

院长回答说：“没有，还没有。”

他每天都在这个时候走进来，问同样的话。院长都有同样的答案使他转身出去。相似的过程使院长先不好意思，抢先说了。

“可是，到底还要多长时间？”小伙子问。好像空气中有一条鞭子抽了他的脸，脸稀薄地红了。

“不知道。你明白这不是天气预报，就是天气预报也常常搞错，在预报晴天的时候下雨。”院长俯视着这个已不算年轻的年轻人。成天接触的都是垂垂老矣之人，院长觉得自己足有几百岁了。她比所有的人都要老，比那些将要死去的人老，比他们的子女更要老上几辈。

“但是你们应该知道。没有人比你们更有经验了。”年轻人固执地说。他平日没说过这么多的话。院长知道这种人一旦开始说了，他就会问个水落石出。

“是的。我们是比一般的医院有些经验，但它毕竟不是定律。生孩子是有规律的，比如月份减三加七，但死没有。你母亲的各项生命指征都正常。就是说，她虽然是架旧马车了，可还在缓缓地运行。等着吧。有些时候我们所做的唯一事情，就是等待。”院长很体谅面前的年轻人。当家属把他们的亲人送到临终关怀医院来以后，院长就觉得同他们有了一种亲属关系。

“等到什么时候？”小伙子急切地问。

“等她的精神突然好起来，眼睛会像涂了油似的发亮，说话充满感情。假如你的母亲是个文化人，还会有诗意。她会突然说她想吃某种东西，嗅觉突出地好，会听见很遥远的声音……到这种时候，就快了。依我们无数次的经验，从那时候起，大约还有一天的时间。”院长谆谆告诫。

“那就是……”小伙子思索。

“是的，那就是回光返照。”

“可是，我刚看了，她昏昏沉沉的，好像完全失去了知觉。我叫她，摇她，她什么表情也没有，只把睫毛闪了一下。”小伙子失望地说。

“那是她在同你打招呼。别埋怨她，她只有这么多的劲儿，全使出来，只能动一动睫毛。你记住我的话，将来你老的时候，就知道这是什么滋味儿了。提眼皮的那块肌肉，距大脑最近又最轻巧。它是人类随意活动最后的屏障。”院长解释。

“院长，不要同我说我老了以后的事情，我不愿意听这个。我会老，我们每个人都会老。在老还没有到来之前，让我们抓紧时间干点儿事。既然我们都会摊上那个结局，没有必要说来说去。我们的道德总是太注意结局而忽视过程。我还没有向您介绍过我自己……”年轻人激动起来。

“我认识你，你不是21床的儿子吗？”院长道。

“我是博士。在英语里博士和医生是一个词，可我不是医生是博士，是我的母亲把我培养成博士的。我马上要到德国去学习，这也是我母亲清醒时非常引以为豪的一件事。这是我的护照、签证，喏，还有一星期以后飞往法兰克福的机票……”小伙子把一大摊东西铺在桌面上，棕色护照像一大块巧克力饼，斜插其中。

院长不由自主地向后躲闪了半步。东西太杂乱，要是碰掉一星半点儿，说不清。

院长办公室的桌子很破旧，侧面都喷着税务局的字样。税务局如今都是鸟枪换炮的机构，淘汰下的桌椅就以很便宜的价钱卖给了临终关怀医院。一张三条腿的桌子只要了十元钱，哪里找！

当时，院长买下桌子以后，悠闲地在古老的桥墩底下和菜农讨价还价。在买了一把新鲜的小白菜之后，她走上桥头。

“大妈！封阳台不？贴壁纸不？打家具不？”

桥畔的小工麇集过来，手里扬着光洁的木板。

“不打家具，光修，还油。干不？”院长说。

这是个苦活儿。看这半老太太的模样，家里一定不宽裕，手头不会太大方。

小工们想着，渐渐散去。只剩下一个小木匠，刚刚进城，没人雇他就得干掏饭钱。他说：“我油，我也能修。”

小木匠油得桌面浓淡不匀，像村姑搽的胭脂。在一块浓郁的褐黄处，躺着即将成为法兰克福人的小伙子的钥匙链，上面只有一把钥匙了。

“快收起来。我相信你的飞机票是真的，别丢了。”院长说。

“可是因为我的母亲，我迟迟不能动身。从秋天到冬天，我一次次推迟行期。再推下去，法兰克福就要取消我的资格。”

小伙子忧愁地说。

院长频频地点着头。这并不说明她赞成你，只是证明她很注意地听。

“你们能否帮助我？”小伙子恳切地说。

“我们当然很愿意帮助你。关于你母亲的后事……你还有别的兄弟姐妹吗？”

“没有。我是独子，父亲很早就去世了。”

“那么，单位也行。”

“没有单位，我母亲是家庭妇女。”

“我是说你的单位。”

“我的单位？因为出国的事，我已经同我的单位闹翻了。我不打算回来了。”

“那么就朋友吧。虽说这种事不太好办，但我们一定大力协助你。你请你要好的朋友来一下，同我们取得联系，这样你就可以放心地飞走了。你母亲的后事，我们和你的朋友一起操办，我们会尽心尽力地去做。你要是不放心，我们可以把整个过程拍成录像，给你捎去，一定像你在场一样肃穆隆重。”院长设身处地地说。

即将成为法兰克福人的小伙子依旧眉头紧锁：“我相信你们，但这件事不能这样办。我是独子，母亲含辛茹苦将我拉扯大，假如我不能亲自给她老人家送终，我的心灵背负着沉重的十字架，悔恨无穷。这一辈子，无论我拿了哪一国的绿卡，成了哪一国的华裔，我的灵魂都会不安。骨子里我永远是一个中国人，有一套中国人的神经系统。我辛劳一生的母亲应该有一个善终，她只能在我的怀里死去，其他任何一种死法我都不能接受。”

见多识广的院长糊涂了：“可是那该怎么办呢？你是知道的，我们这里是不做安乐死的。”

曾经有一家子女把 80 多岁患皮肤癌的老父亲送到医院后，对院长说：“人就交给你们了，爱怎么办就怎么办吧。”医护人员顾不得说别的，先把人搀到床上去。一走动，癌被触醒了，鲜血顺着老人的裤腿灌满了两只鞋。他的肢体像蜂窝一般烂着，腐败的气息把他周围几十平方米的地方熏得像停尸房。

“大夫，让他早点儿去了得了。他也省得受罪了。为他好，也为大伙好。大热的天，您看苍蝇可劲地往这院里飞，红头绿头的直打架。跟您商量商量，让他安乐了得了。”儿子边给院长递冰激凌边说。

院长说：“你们的意见我可以理解。我的这所医院是唯一不以延长病人生命为宗旨的医疗机构，但是我没法满足你们的要求，因为中国没有这方面的法律。假如实行了安乐死，我们说不清。”

一个外国同行的故事让院长痛心疾首。

一个美丽的女人患了不治之症。治疗只是延长她受苦的时间，治疗本身更加重了她的痛苦。

“我实在是受不了了，医生。从我患病以来，我求过您多少次，但这是我最后一次求您了。我不能让我的所有感官，都成为储藏痛苦的容器。我不愿意生命的存在，只是为了证明医学的威力。我的生命现时对我已毫无意义，它只是病的跑马场。我的意志已经走到尽头。我除了消耗别人的精力与财富以外，唯一的用处就是感受痛苦。经过慎重的考虑，我恳求您帮助我，结束生命。”

那位医生冷静地说：“女士，您刚才谈论的问题，应该去问您的丈夫。作为您的保健医生，我只能告诉您，您对病的了解和预后判断，都是正确的。”

“我们已经商量过了。现在我需要的是您的帮助。”病人瘦骨嶙峋的手指抠住医生，传达出毅力。

“我已经尽我的能力帮助您了。”

“那是以前。我说的是现在，请您帮助我结束自己的生命。您知道，我是一个多么胆小的人啊！”

“您是说，要我帮助您杀死自己？”

“我不需要您亲手来做这件事。这也许会在我的身后给您带来麻烦，只请求您告诉我应当怎样做。它最好简单实用，像电子计算器的按键一样。只消轻轻一揿，一切就结束了。您知道，我是一个懦弱的女人。虽然决心已下，但我怕自己在最后的关头会手忙脚乱。我的意志不会动摇，但我的手指可能会发抖。所以，那装置力求百发百中。还有最后一条……”

女病人突然显出羞怯，说：“假如您觉得我的要求太过分了，可以拒绝，就这我已感激不尽。最后一个请求就是您帮我选择的死亡方式最好不要使我很丑陋。”

“女士，您让我想一想。这个问题很突然……我钦佩您的勇气和智慧。它其实是对生命的一种尊重。但这一切，需要手续。”

“我现在很清醒，完全是我的自由选择。但是您说得很对，我和我的丈夫将写出书面文件。在最后的时刻，我指的是那个时候……”女病人望着远方，好像那里翱翔着一只鹰。

医生微颔首，表示他明白。

“我的丈夫会在场的。我们笃爱一生，他不会在我最需要他的时候走开的。谢谢您了，医生！我们会衷心表达这种情感，无论在道义上还是在物质上。这是您为我做的最后也是最好的治疗。”

“我不是为了钱才决定帮助您的，女士。我敬佩的是您的勇气。”

医生做了一个精巧的装置，类似儿童玩儿的弹弓。它有一个小小的机关，只要轻轻一揿，就会有一支锋利而强劲的针头射进皮肤。它携带剧毒药液，可在几秒钟内置人死地。

女人和她的丈夫选定了一个吉日。那是一个明媚的春天的傍晚，空气中浮动着毛茸茸撩拨人打喷嚏的花粉气息。暴晒过一天的大地蒸腾着湿润的气息，白桦林显出幽蓝的色泽。

医生和丈夫随着女人走，他们不知道她要到什么地方去。无论她到什么地方，他们都只能跟随。

“就这里吧。”女人如释重负地说。她的肌体已经十分虚弱，还要留有足够的劲道操纵小弹弓。

真是一个美丽的地方。斜倾的阳光像金色的绶带披在林间的木椅上，白桦树干像刚出海的刀鱼，闪着银白鳞光。嫩叶像羽毛似的摇曳着，仿佛要脱离柔韧的树枝飞升。

医生突然想丢掉他的小弹弓。“让我们再试一试好吗？一切都重新开始。”他满怀希望地说。

女人轻快地微笑。她说：“当第一次把这里当作最后的安息地时，我也动摇了。决心像方糖似的融化了。但是，夜间频频发作的剧痛提醒了我。我的生命已经不属于我，它只服从病魔。不要再无望地延宕下去，趁一切还来得及。我现在还有力量为自己画一个圆圆的句号，挣一个体面的死。我按照自己的意志完成了一生，我是胜利者。好了，开始吧，我挚爱的人们。”

她吻了她的丈夫，吻了她的医生。

她对丈夫说：“原来我是想让你坐在我的身边，陪我走到尽头。可是现在我改变主意了，让我一个人独自面对这一切。你们俩往东方去吧，那个角落里生长着美丽的孔雀杉。你们可以静静地欣赏它绿云一般的枝叶。五分钟以后你们就可以回来了。是吧，医生？您说过这么长时间就足够了。”

她天真地望着医生。

“是的。足够了。”医生干巴巴地说。

“再见了！不，我应该说，永别了！”女人优雅地挥了挥手。

两个男人像伐去树冠的木桩，动也不动。

“哦，请你们走吧。我已经感觉到冷了。再待下去，我会感冒的。”女人说。“是的，她会感冒的，感冒还会转成肺炎。她的体质很不好，这是一定的。所以要快，我们走吧。”医生拉起痴迷状态的男子，男子梦魇似的跟着他向东方走去。

才走了几步，医生又回过头来。

“还要打搅您一下，非常对不起。我有点儿不放心，关于那个弹弓。假如您操作得不完美，对您还是对我，都是一种尴尬。请原谅，您当着我的面再演习一遍。”

女人顺从地拿出小弹弓。它像一只温和的小宠物，蜷在女人的手心。医生换掉注满毒液的针头，放上一枚空针。然后说：“请试试。”

女人伸出自己骨瘦如柴的左前臂，那里布满药物注射的针孔，疤痕累累像一段蛇蜕。只有肘窝正中还有铜钱大的一块皮肤，保持着少妇应有的光泽。

那里有一根救命的血管。医院的护士们都有意识地为病人保留一截光滑的静脉，好像母亲为穷孩子藏起最后一枚钱币，留着山穷水尽时用。

女人把针头对准这块未遭过茶毒的皮肉，果决地按下开关。针头在刚离开弹弓架的时候，笔直向上。女人吓得闭了一下眼睛。但她马上就睁开了，很不好意思。就是射中眼睛也没有什么了不起，剩下一只眼睛足够干这件事的。针头在盘旋了一个美丽的弧形之后潇洒下滑，像流星撕破夜空，稳稳地戳中女人的胳膊。

“不是很痛，对吗？我在我自己身上也试过的，感觉很好，是吗？”医生很耐心地问。

“是的。很好。只有一点儿轻微的疼，好像被牛虻叮了一下。”女人说，她有些焦急，从树叶间隙，她看到太阳迅速下滑，接近地平线的一端已经模糊。

“我不得不请你们走了。很抱歉。”她说。

“祝晚安。”这是她的丈夫说的唯一的话。

两个男人踏着厚厚的腐叶向东方走去。影子像黑色的路标指引着他们。

他们没有回头。不知是怕自己失了勇气还是怕那女人失了勇气。

“等一等！”突然传来女人尖锐的叫喊声。接着是踢踢踏踏的跑步声。

“你不要跑。我们就到你那里去。让我们回家！”她的丈夫热泪盈眶。

医生也被感动了。他发誓，永远也不给病人帮这样的忙了。

他们和女人面对面地站着。女人的脸由于奔跑，现出娇艳的绯红。

她剧烈地喘息，许久才平静下来。面对医生，她说：“我再问您一遍，您一定要如实地回答我。”

“我一定如实地回答您，以上帝的名义。”医生说。

“我要问的是……过一会儿，我……会不会很可怕？特别是我的脸……”女人目光炯炯地盯着医生。

“不会，什么都不会改变。一切都和现在一样，特别是您的脸，气色很好，一切都将保持住，那将是一种凝固。”医生冷静地说。

“那太好了！快！请你们快走！我感觉到我脸上的血正在往脖子里回流，红色就快保持不住了。我需要这份健康的颜色。”她说着用双手托住自己的下巴，以为这样能够阻止血液的倾泻。

男人们义无反顾地走了。他们看到了孔雀杉，绿色的羽翼遮没了半个天空。

“时间到了。”医生说。

“再等一会儿吧。万一……我不能忍受。”丈夫说。

“您应该相信我，相信科学。”医生率先踏响了去冬留下的黄叶。

女人很优雅地侧卧在林间的木椅上，脸上留存着永远不去的绯红。

“……您的例子不是很好吗？”皮肤癌患者的儿子把冰激凌倒了一下手，由于院长迟迟不接，黏稠的奶液流淌下来。

“是的。对病人和对家属都不是一件坏事，可是医生负不了这个责任。不要说在我们这个死亡教育很不发达的国家，没有立法，谁也不敢实施。就是我刚才说的那位外国医生，后来也被州法院传讯，最后以谋杀罪和制造杀人武器罪被逮捕。所以，关于安乐死的问题，我们无法讨论。”院长说。

“我们可以到公证处去，说明一切都是我们的选择，同医院无关。怎么样？这样还不可以吗？你们还要怎么样呢？你们要我们熬到什么时候才算完呢？”皮肤癌的儿子焦躁起来。

“我很同情你。可是我不能，医院也不能这么做。”院长舔舔干燥的嘴唇，她每天要同病人的家属说无数的话。在最后的日子里，家属同医生说的话，远比同他们垂危的亲人多得多。

日言百句，其气自伤。院长回到家里，很少说话。就像厨师在自己家里，只吃最简单的饭菜。

“你们做医生的，把人治活没什么本事，把人治死还不容易？找点儿抑制呼吸抑制心跳的药面泡在滴瓶里，不就什么事都了结了吗？”皮肤癌的儿子很内行地说。

这种内行激怒了院长，或者说是潜伏在这种内行后面的冷酷。安乐死未尝不可，但它由这样一位打扮过于精细挥着淋漓冰激凌的年轻人，如此轻描淡写地说出来，她为那奄奄一息的老人叹息。

她的病人都已经失去了对这个世界的发言权。她要为他们说句公道话。

“既然你知道得这么清楚，又不用负法律责任，你把你的老父亲拉回家去就是了，所有的操作你都可以在家里完成，又何必送到我们这里来！”院长没好气地说。

冰激凌化了。

“您这是什么话？我哪能那么残忍？那我的后半辈子还有好日子过吗？我父亲死在家里，还是叫我一手给安乐死的？！虽说久病床前无孝子，我想让他早点儿去了，可我自己不能干这事。我的手上不能沾着我父亲的血。既然你们医院这么不肯帮忙，咱们就熬着吧。快有出头的日子了。”衣冠楚楚的年轻人甩了甩手上的奶油汤，叹了一口气。

院长也叹了一口气。不能说皮肤癌的儿子讲得毫无道理，但有道理的事，不一定现在就能做。亲属不敢做，医院也不敢做。安乐死需要群体意识，当群体还没有用法律的形式把规则固定下来，做了就是犯规。

我们的民族忌讳死亡。帝王将相们寻找长生不死之药，以为可以逃脱自然法则。小小百姓有许多言语禁忌，他们天真地认为不谈死亡，死亡就会扭过脸，给我们一个光滑的后背，人们把无数天然的动植物和矿物混合在一起，用神秘的火加以熔炼。人们以为无法忍受的高温会把天地间的精华焊接在一块儿，咽到肚里，就可与日月同辉（且不说日月也有崩溃的一天）。我们崇尚“福禄寿”三星，以为这是人生成就的最高境界。但你不能在门上贴个倒“禄”字，以求在新的一年加官晋爵，不断进步。至于“福”，最是众说纷纭的词，有一千个人，就有一千条对“福”的注解。说不清的事，就不要去说它了。唯有这个“寿”简单明了，国际通用的度量衡标准。只要活得久远，那便是福祉，像一匹没有缩过水的白布，一眼就能看出长短。

我们曾炼出那么多有用无用的仙丹，我们正繁衍着世界上最庞大的人群。可是我们还没有学会正视死亡。我们的老人像外国女人似的不谈年龄，好像阎王爷是个多情的骑士，而且极好糊弄。

在这种夹缝中诞生的临终关怀医院，像老式挂钟的吊摆，忽而倾向濒危的去者，忽而倾向疲惫的生人，多一番摇摆的艰难。

那个小伙子用手绢揩着手上的冰激凌汤失望地走了，这个即将成为法兰克福人的小伙子又来了。

院长迷惘地看着他。他已明确得知医院不做安乐死的操作。

“院长，您不必紧张。我今天是特意来向您道谢的。在我母亲最后的日子里，你们给了她温馨。她虽然不会说话了，但我看得出她挺满意。我是她一手抚养大的，我读得懂她每一个眼神。”小伙子实心实意地说。

“不，哪里，这是我们应该做的。”院长按照惯例谦虚着，心想：他的真实意图是什么？院长习惯于开门见山，世上没有比死亡更硬碰硬的事。

“现在，我要把我妈妈接走。”

“为什么？”院长很惊异，“她会死的。把她从病床上挪下来，再搬到救护车上，抬来抬去，与病人极不相宜，她会……”院长突然噤了声。

即将成为法兰克福人的小伙子镇静地看着她。

院长明白了。儿子需要母亲的那个结局，而且要快，越快越好。距那架巨型飞机起飞的时间，对于火化一具尸体，操办一场像模像样的丧礼来说，并不宽裕。

大家相对无言。

“小伙子，我还要提醒你。当然老人家可能会在这场搬迁中停止呼吸，这是最理想不过的结局了。可是万一呢？

万一你母亲挺过了这场折腾，回到家里还是咽不完这口气，你马上又要出国，谁来照料她最后的时光？死亡就像一片摇摇欲坠的树叶，也许下一阵风就会飘落，也许会悬挂到第二年的春天。人死是一难，活着不容易，死也不容易。请三思而后行。”院长苦口婆心。

“谢谢您，您为我想得可真周到。是啊，要真那样，就好了。可您说得也对，要不利索，变成您后来讲的那样，就更难办了。我不能把我妈接回家，那算怎么回事？家里摆个死人，老婆孩子还不吓晕？实话跟您说吧，我给我妈另联系了一家医院，民办的……”

“小伙子，把你妈接走，是你的自由。接家去，我没什么可说。有的老人就爱死在家里，这也是中国人的习俗。但要是接到别的医院里去，不是我当院长的老王卖瓜，要说临终服务，我们这里是周到的。民办医院收费高，治疗也不尽如人意，特别是条件比较差。你再全面考虑。”医院床位很紧，等着住院的打破头，院长是设身处地为他想。

即将成为法兰克福人的小伙子垂下头来。他在想什么？

院长说：“你还有什么特殊的难处，尽管说。只要力所能及，我们将全力以赴。”她此刻已不单考虑一个老人的去留，而是怎样把医院办得更好。

“主要是他们所能提供的服务你们没有。”小伙子为难地说。

假如他说出别的理由出院，院长什么话也不会说。医院有些像银行，进出自便。但这句话刺激了院长的职业自尊。

“没有什么服务项目是民办医院能做而我们不能做的。”院长很矜持地说。

“真的，有。”小伙子不很情愿但是很肯定地说。

“没有。他们能做到的我们都可以做到，你详细说说。”院长有几分冒火，她觉着这不是事实。

……

没有回答。小伙子沉默。听得见远处病房轻声呜咽，又一位老人去了。

“说啊！”院长不耐烦了。

“我不说。”小伙子终于开口，“我不想说。”

院长火了：“你刚才还说感谢我们，这么一件小事都藏着掖着！就看在我们为你妈端屎端尿的分儿上，你也该说！

“你是不是想你妈反正也这样了，再说什么也没大的意义了？别这么想，是人都得死，你给我们提了好的建议，以后的老人们就会舒适些。就请看在将要死去的人面子上，你告诉我实话。”院长热忱地恳求。

“我不想说。”小伙子阴沉着脸。

“你这个人太不像话啦！我要偷你吗？我要抢你吗？为病人服务的事，又不是专利，有什么不可说？行了，你走吧，快到你的法兰克福或是外国的其他什么地方去吧。你人还没走，就变得这么不通情达理。我不稀罕你说了。你前脚把病人转走，我后脚就能打听出他们使的办法。”院长气愤地说。

事情往往一发火就有了转机。

“院长，我之所以不说不是对您，是对我自己的。”小伙子艰难地说。

“说吧。”

“那家医院已同意将我母亲安置在一间没有暖气的房间里，拔掉在这里维持了几个月的鼻饲管，而且停用一切维持药物，氧气也掐断……这样，据他们估计，我母亲在一两天内就可以……走了。”即将成为法兰克福人的小伙子不看院长，对着墙壁说。

他的话说得很理智，漠然中渗出残酷。但他越往后说，语调越被一种潜在的哭泣所分割。“这样，我就可以在母亲身边尽完最后的孝道，无怨无悔地踏上奔赴异国的道路。我将把母亲滚烫的骨灰带在身边，无论我走到什么地方，母亲都永远同我在一起了。她会保佑我，关照我，我一生永不孤单。从此，我的灵魂同母亲的灵魂在一起，永不分离。”

院长瞠目结舌。她觉得自己也算个高级知识分子了，真不明白这个儿子！要说他不孝吧，他服侍老母到今天，此刻眼里还闪着盈盈水光；要说他孝，竟打算把自己的亲生母亲活活冻死！饿死！

院长背对着即将成为法兰克福人的小伙子，从抽屉里拿出一瓶药，说："我本是从来不帮病人做这种事的。拿去，这虽是普通的镇静药，给你的妈妈服上几粒，她也能毫无痛苦地永远睡去，比你那办法要人道得多。"

小伙子惊恐地叫起来："不！不！我不要！我怎能亲手给我的妈妈吃这种东西？！那样，我的心灵将一辈子不得安宁。我的妈妈会在一个特定的时间死去，而那个时间正是由于我给她吃了某种东西，这个结论会使我痛苦万分。我的灵魂将终生在有愧于母亲的阴影里徘徊。我不能做这件事！"

老人走了。临上救护车的时候，她的精神出奇好。是真好，不是回光返照。她已经能喃喃地说话了："我……上一个更好的医院去……比这儿还好……这儿就挺好……"她甚至轻微地动了一下手臂，算是跟大伙告别。看得出她以前是一位体面而有威严的老太太。

医护人员像摘渔网似的从她身上取下各种导管。揪下氧气的时候，她的呼吸顿时窘促。她长期生活在氧气的保护下，其实同正常人已不在一个地球。那是几亿年以前的地球，树木葱茏恐龙出没，氧气比现在要多得多。她知道这是转院的需要，就坚强地隐忍着。几乎没有一个病人能从这所医院里活着出去，她是多么的幸福啊。

"我好了……会来看你们……"这是即将成为法兰克福人的小伙子的母亲说的最后一句话。

整个告别过程，院长没有出面。她抱着双臂从窗户看着这一切。她觉得自己没出息，当了这么多年的白衣天使，还那么容易动感情。她在想，小伙子不怕他妈妈的死，那么，他绝不是装出来的恐惧，究竟是怕什么呢？

他怕的是天命。

死生有命，富贵在天。他哪怕在外国得了诺贝尔奖，他也畏天命。

在我们的骨子里，觉得人是不能操纵自己的生命的。冥冥中有一只手，那是天的意志。天要你活，你不得不活。天要你死，你非死不可。儿子可以把母亲往死路上推，但他不敢清晰明确地对那个时刻负起责任。他不怕母亲，他怕的是天。代天行道，天就会怨你僭越了名分，惩罚于你。

既要达到自己的目的，又要顺乎天意。难啊！不孝儿女们！

我与院长交谈着，进来一位穿淡紫色工作服的女孩儿。我知道这是护工的装束。护工就是护理员，临终关怀医院里最脏最累的活儿由她们承担。

女孩儿向院长请示工作。我目不转睛地盯着女孩儿，直到她离开。

“她叫小白。我知道你为什么看她。”院长和我已经熟悉，半开玩笑。

“她工作服的颜色很奇怪，像紫罗兰的叶子。”我说。

“我们的护工都是年轻的女孩儿。你觉不觉得她们穿这种颜色的衣服显得更美丽？我希望院子里多一些生气。当然，这种布也比较便宜。”院长笑了笑说，“但引你注目的不单是衣服，是小白的漂亮。”

我说：“在这种悲痛的地方看到如此美丽的女孩儿，真叫人不好意思，好像对不住垂危的人。”

院长说：“这是你从年轻的活人的角度看问题。其实，老人们看到美好的事物，精神会凛然一振。他们不忌妒。”

我隔着窗户追踪小白的身影。她的肌肤像鲜嫩的白菜心，泛出盈盈水光。绝无化妆，但无可挑剔的眉宇漆黑如墨，轮廓极为柔和的嘴唇艳红如丹。

我说：“我也不算孤陋寡闻的人，像这么美丽的女孩儿从来没见过。”

院长说：“她是我从保姆市场上挑来的。当时一口乡下话，现在下了班穿上时装，所有的人都看她。”

“我想她刚从乡下来的时候，可能安心在您这儿。现在依她的相貌气质，随便可以在五星级的饭店里谋到饭碗。您靠什么留住她？”

院长说：“她真有你说的那么漂亮？也许我们天天看，惯了。”

我说：“真的，我是一个对女人的长相很挑剔的女人。女人骗男人容易，骗女人难。”

院长说："其实小白最出色的不是漂亮，是善良。善良是女人最好的化妆品，它使女孩子的脸蒙上一层圣洁之光，看上去就格外动人。例如菩萨，例如佛。菩萨真是天下最俊俏的女子吗？肯定不是，但你觉得是。"

我说："能够告诉我，您一个月给小白们发多少饷钱吗？"

院长说："你最好不要问我这件事，你一问我就心酸。不过你既然问了，我就告诉你，因为给临时工的工钱也不是我定的，是公家，每月 200 元。"

我说："我想同她谈谈。"

"可以。今天她是主班，非常忙。下次她上副班的时候，你来。"

我和小白站在院子里谈话。所有的房间都被病人挤得满满的，冬天是收获死亡的季节。只有院长的房间有空，但我想避开院长。

"你长得真漂亮。"我说。我本不准备这样开头，实有恭维之嫌。话脱口而出，你站在小白的面前没法不说这话。犹如你在焦渴当中看到清泉，没法不说真凉快啊！早晚都得说，完全下意识。

她微微笑笑，说："也许是周围太凄凉了，陪衬的。"

院长说她读了很多文学书，还学着外语。

“你以后会长久地在这儿干吗？你知道自己的价值吗？”我迫不及待地问。

“小白！小白！你在哪儿呢？快去看看你当班的那个6床吧！”远处淡紫色的影子喊。

我拉了小白聊天，她护理的病人就出现了真空。听人一叫，像林业工人听到火警，她顾不得同我打招呼，撒腿就跑。

我紧随其后，心想这下可以现场观察了。

露天冰冷的空气麻痹了嗅觉。尾随小白进了病房，直奔6床。鲜红的“6”字床号下，一位须发洁白的老人正在安详地吃香蕉，全无呼唤的危急。

“嗐！真是虚惊……”我刚说到这儿，看见老翁不高兴地把手里的香蕉一甩，巴掌印到了墙上。

一个黄而黏的毛茸茸的屎手印，新鲜地扣在壁纸上，呼呼地冒着热气。

他欣赏着，又按了一个，呵呵笑。

浓烈的屎气像原子弹爆炸的烟雾，呛人肺腑。眼睛习惯了室内的昏暗，我才看清“香蕉”竟是糯软的粪便。

顿时，胃里倒海翻江，辣而苦的灼热直逼咽喉。我连连干呕，发出乌鸦一般的怪声。

透过眼里的酸泪，我还瞄着小白。她的嗅觉好像完全失灵，温柔的白脸无一丝变色，细细的柳眉徐缓地舒展着，轻声说：“你啊你，我就这么一会儿不在，怎么就……”说着用纸去揩老翁的黄手。

气味愈发浓郁。

无论我多么钦佩姑娘的美德，生理反射还是继续，再过一秒钟，胃液就会汹涌而出。我像一个逃兵，扭头就跑，把病房的木门摔得震天响。

我在阳光下尽情地呕吐。每一根睫毛都挂满泪水，看天空有几十轮太阳。

当小白重又袅袅婷婷地站在我面前，我仍抚着胸口，无法安定。那恶臭无比的粪便，那狼吞虎咽“香蕉”的场面……

我又想呕。

小白不停地同我说话，以求转移我的注意力：“都这样，我刚来的时候，几天没有吃下一粒粮食。我真恨我的鼻子。我妈从小就说我的鼻子灵，干这活儿鼻子就受大罪了。现在好了，我的鼻子已经失灵了。我是院长招来的，后来院长太忙，就说：‘小白，以后这招工的事就分给你了。你现身说法，就这活儿，就这钱，谁爱来就来。来了先试工三天，愿意干就留下，不愿意干就走，给工钱。’以前院长挑来的人，尽不干的，有的连工钱都不要就跑了。轮到我挑，基本上都站下了。你觉得好点儿了吗？要不咱们到上风头去站站？”

我出了洋相，还要人家劳动者照顾，真惭愧。我忙说：“好了。你是怎么挑人的？”

“院长挑人是看人能不能干，看到身子膀大、手脚粗糙的就要。我是先挑长相，长得美的就要。”小白柔柔地说。

天！就这人所不齿的活儿，还要挑美女来干，要不是自己面前这个娇美的女郎樱唇亲自吐出，我是决然不信的。

她看出了我的疑惑，说：“我说的美，并不是平常讲的漂亮。美就是面善。面善的女人，天长日久地就美了，漂亮的女人并不一定美。一个姑娘要是经常和善地笑着对人，不是那种妖冶的笑，她的嘴巴就会往上翘，眉梢就会摇起来。面善是有一个尺寸的，眉太高了就不对了，那是疯。太低了也不对，她当着人的时候笑，背后就哭丧着脸，不是真心地欢喜。反正我也说不太清，看得多了，你自然就分得出来了。院长挑能干能吃苦的，其实能干和能吃苦是可以变的。再说这里的活儿，真比拔麦子脱土坯，也不是太累。但一定得心善，要不是做不长这活儿的。”

我对这个乡村女子刮目相看。“面善是天生的吗？”我问。

“是天生的，练不来的。善就是善，不善就是不善。我到保姆市场招工，什么话也不说，只静静地寻面善的女孩儿。”

我说：“你给我演演你是怎么招工的好吗？”

小白为难：“怎么演呢？那词儿都是到时现想的。一碰到实在的人，我就会说了。像现在这样干说，真不知说什么。”

我说：“这么着吧，假装这院子就是劳务市场，我就是想找工作的。你来问我。”

小白重又打量了我一眼，说："俺不会雇你的，不同你搭拉话。"

我很沮丧地说："是不是因我不面善？"

她说："面还行，只是捂得太白。"

我说："你自己也很白。再说，在屋里捂得时间长了，都变白。"

她说："白和白是不一样的，天生的白可以要，捂白的就不行。您想，农村一个小妮，不下地，不晒太阳，是不是很娇？哪里还有耐心侍候人？"

我说："你的眼还挺毒。好了，面试的关就算我通过了，你再往下说什么？"

小白说："再往下我就问，有服侍病人的活儿你愿意干吗？我们是公家的。"

我想着，这一句话没啥大稀奇，就瞪着眼等她的下文。她说："该你了。你得反过来问我了。"

"问什么？"我略一想，说，"一个月给多少钱呢？"

小白扑哧笑了，说："你不像。面善的女子不这样说。"

我说："保姆市场上的女孩儿不就是为了挣钱才跑出来的？哪里能不问钱呢？"

小白说："我们出来是为了挣钱。可在家里是那样想的，一进了城，眼就花了。钱倒是次要些的，先要找个稳妥地方安顿下。所以我们先要问：'那地方在哪儿？'

"我就说：'不远。'

"'管住吗？'她们会问。

"'管。'我说。

"她们的心就安些了，再问：'都干什么活儿？'

"我就说：'服侍病人。'她们会说：'俺们不会呢。'现今城里的人求职的时候，兴把自己吹得天花乱坠，说自己这行那行。乡下人不，还遵循丑话说在前头的古例。我就说：'这不难。家里有老人吧？就照那样服侍就中。最难的事就是接屎接尿，不过下了班能洗澡。'

"一般说她们这会儿得停半晌，考虑屎尿的事。过一会儿她们会问：'你是干这活儿的吗？'

"我说：'是啊。'她们说：'这就中了。你能干我也能干。'待到把这些都说妥了，她们才会小心翼翼地问：'每月多少钱哪？'

"我就实话实说。然后说：'先试试。要觉得不好，随时都可以走。工钱干一天有一天的。要是我们觉着你不称职，你也只好走。'

"她们就说：'那是，你是东家。'

"就这样。"

小白说完了，又静静地看着我，像一朵迎风摇曳的紫云英。

"工钱你觉着少不少？"我悄悄关了衣兜里的录音机，

不愿她的私房话留下痕迹。

“少。”她说。

“那你为什么不到别处去？”

“我知道，在城里，一个漂亮的女孩儿能得到的机会，比在乡下多得多。可我喜欢这儿，喜欢这些快死的人。你是刚来，只看到他们的傻和脏。其实他们没有一丝害人之心，像婴孩似的。你对他好，他就对你好，非常纯净。跟他们相处，充满静谧与安宁。古话说‘人之将死，其言也善’，这里是人世间最善良的角落。我向快死的人发出真心的微笑，他们会记得我。小时候，我奶奶可疼我了。有一天我上学去了，奶奶得了暴病。放学的时候，我在路上玩儿了一小会儿，踢一块彩色的石子，那块石子掉到山沟里，我去找它。我奶奶临死的时候，还一个劲儿地叫着我的名字。她得的是绞肠痧，非常难挨的病。她一直叫着我的名字，说太阳晒到那根秫秸的时候，我的孙女就下学了。我到家的时候，太阳刚刚移过那根秫秸，可我的奶奶再也看不到我了。我尽心尽意地服侍每一个快死的人。不管他听得见听不见，我都大声地对他说：‘我叫小白。’我想他们都是马上就要见到我奶奶的人了，一定会告诉我奶奶，说你那个孙女小白，是个好心眼儿的姑娘。说真的，我不是可怜这些快死的人，是敬畏他们。他们就要到另一个地方去了，我奶奶就住在那里……”

清澈的泪水在她脸上滚动，像一件美妙的瓷器又镀上一层闪亮的釉彩。因为痛苦，她的嘴唇显出蓬勃的绯色，眼睛像深夜的孤灯闪闪发亮。

在北京冬日晴朗的天空下，欣赏这样一张晶莹的脸庞哭泣，真是一种享受。

“经你的手，有多少老人……去了？”我问。在这所院子里，广泛地使用“去了”这个隐语。它像神秘的幕布，将现实与未知断绝。

“听他们吐出最后一口气的人，少说有 100 个了。”小白说，神色苍老。

“怕吗？”

“不怕。”

“刚开始总有些怕的吗？后来就不怕了，是不是？”我重又打开录音机，遗憾刚才没录上。

“不，我从见第一个死人就不害怕。我没觉得死与不死有什么大变化。还是那个人，不过是从我这儿到我奶奶那儿去了。”她的语调苍凉。

“你碰到过闹鬼吗？这院落这么大，下雨的时候，刮风的时候，半夜的时候，黎明前最黑暗的时候……可曾有过异样？”我忍不住问。这两年神秘文化盛行，这是最有传奇色彩的地方。百十平方米的面积，积聚着成百上千的鬼魂。随着时间的推移，势必更加拥挤。

“没有，”她很肯定地说，“哎，你等等！”她叫起来。

“容我好好想一想。有一次，那是一年中秋节，没有月亮，冷雨潇潇。前一天，刚死了5个人。我们这里虽说常死人，但一天死了这么多人的时候，也少见。夜里，我一个人值班，呆呆地坐着。心想这是一个团圆的日子，那5个人却等不得了，急急地走了。正想到这里，院子里坏了很长时间的路灯突然亮了，照得整个院落如同白昼。在太明亮的地方，你会看到许多影子像蚊虫似的飘动。我还是呆呆地坐着，值班的齐大夫睡眼惺忪地走出来。齐大夫医术高，人又好，病人都喜欢他。齐大夫说：‘小白你还挺能干的，这灯坏了好长时间，老说修没修，今天晚上又是风又是雨的，你一个女孩儿家倒把它修好了。’我说：‘不是我修好的，您看我坐在这儿，鞋还是干的。’齐大夫说：‘这灯泡也太亮了，看不出是多少瓦的。’他默不作声地看了一会儿。他一定也看到了那些影子，可他什么也没说。我们就静静地看着院子，没有丝毫的恐惧，好像在看皮影戏。

“‘是他们来了。’齐大夫说。

“我说：‘是。’

“‘都来了，还真一个都不少。’齐大夫说。

“我说：‘都那么大岁数的人，聚一次也不容易。’

“‘他们在跳舞。’齐大夫说。

“我说：‘以后人再多了，这个院子怕搁不下了。’

“‘魂灵不占地方。’齐大夫说。

"'你害怕吗？'他又说。

"我说：'不害怕。'

"他说：'你这娃娃胆还挺大。'

"我说：'我从前也不认识他们。从老家大老远地跑到京城来服侍他们，这是缘分。在最后的日子里，我待在他们身边的时间，比他们的儿女多多了。我从没做过对不起他们的事，心里没鬼。鬼也是讲理的。您看，他们要来，怕吓了我，还先把灯给开了。'

"大概到天快亮的时候，灯又突然熄了。我一点儿都不觉得这有什么奇怪的，这是他们最后离开的地方。人都要到他去过的地方走一走，好像有什么东西丢在那里了，要捡回来。你要不问，我倒忘了。"

远处有人喊："小白，4床又打屎酱啦。"

"就来。"她要走。

"再问最后一个问题，你对以后有什么打算？"

她边跑边说："以后我想当医生，不但服侍他们，还给他们治病。这样他们就会对我奶奶说：'你那个孙女小白越发出息了。'只是不知道当得上当不上。"

真希望哪个有权有势又善良又英俊的北京小伙，娶了小白姑娘。他不但得了美貌贤淑的妻子，人间也多了悬壶济世的良医。

改天，我见到了齐大夫。我不知男人的面善该如何鉴定，齐大夫是那种很开朗的脸形。

我已发现，临终关怀医院里的工作人员长得都很耐看。不知是院长挑的时候就根据了某种面相原理，还是这种慈善事业干久了，人就自然显出佛相。

我把这感觉同齐大夫说了。他说："你要是想听真话，就把你兜里那架小机器关了！"

我服从了，说："你怎么知道的？"

他说："因为你不记笔记。"

我掏出纸笔说："现在只好手工操作。听说你很爱你的工作？"

他说："谁给我造谣？我根本就不爱我现在的工作！我是医学院的高才生，在这里工作没有丝毫的成就感！你所有的病人都死了，死了！他们进来的时候，就没有打算活着出去。你千方百计延续他的生命，他自己不想活，家属还嫌你啰唆。临终关怀医院是正经医生的地狱。这是那些婆婆妈妈的慈善家施舍爱心的地方，它和真正的医学风马牛不相及。我正在托人，走后门，必要时送礼，争取早一天离开。"

我一时窘住，搭讪着说："听说你对病人挺好，大家都喜欢你。"

他冷笑道："他们为什么不喜欢我？我一天笑眯眯的，他们有什么要求我都设法满足。这不是医生该干的活儿，是高级男佣。这些人根本没有必要救治，作为社会人，他们已毫无价值。比如那个一个大字不识的老太，只因当年拐着小脚当了几年工人，就吃了几十年的公费医疗，累计药费十万元以上。这种人留有何用？她对人类最后的贡献就是早早死去！人的再一个用处就是对家庭的贡献。这些人，风烛残年，徒然消费，传统的孝道压得子女抬不起头来。非得把孩子们肥的拖瘦，瘦的拖干，一户户家徒四壁弹尽粮绝，卖了冰箱卖彩电，家家负债才算孝顺吗？该死的就让他死好了。旧的不去，新的不来。为什么人们歌颂大自然的秋天却不歌颂死亡？秋天就是集体死亡！死有什么？从这个星球诞生到今天，已经死过无数的人。在我们每一个活着的人背后，都站着四十个死人。生命是一条无尽的链条，在太阳下闪烁的那一截就是生，隐没在无边的黑暗中的就是死。它是一个环，没有截然的区别。不必看得那么重，一个微不足道的小人物的生死，对世界没有任何影响。中国现在的死亡者，基本上都诞生于 20 世纪初叶，他们缺乏科学死亡的教养。假如我到了老年，一定定下遗嘱，安乐死，绝不拖累他人。死也要有胆略。”

他突然停顿。

这是医生办公室，成堆的病历摊在他面前，铝制病历夹的反光使他熠熠生辉。

“也许，我不该对你说这些。毕竟他们很可怜。”他很疲倦地说。

我说：“您是死亡学说里的阳刚论者。”

我们正交谈着，有人通知，英国的临终关怀医学专家詹姆斯博士到院参观，请齐大夫陪同。

我说：“我可以听听吗？”

齐大夫说：“你英语听力如何？”

我说：“凑合。”

他说：“听不懂的地方，我会给你翻译的。”

我们迎出去。

詹姆斯博士一把茂密的大胡子，像土匪出没的密林。这使他的面部表情很不清晰。你无法猜测他奶酪一般柔滑的前额里，想的是什么。

齐大夫仿佛无意地挡住一幅晾晒的床单，床单上有一片污黄。

英国人穿着极为考究的暗色条纹西服，用极为蹩脚的中文说了句“你们好”之后，默默地随同我们参观病房。质量很好的牛皮鞋，将古老而龟裂的青砖地踏出咯吱声。

他轻声嘟囔了句“Hospice care”。

齐大夫刚要译，我会意地点点头。

“Hospice care”，一个古老的词汇，发源于中世纪的欧洲。用今天的话来说，“招待所”之意。那时候，许多苦行跋涉的“香客”，在他们到达哥特建筑教堂的巨大尖顶之下，早已贫病交加，唯有虔诚疲惫的心还在微弱跳动。神父和修女就在教堂边搭一间小房，收留他们，无偿地为他们治病，提供饮食服务。一些香客歇息后，又继续他们漫长的朝圣路了，一些就在这个慈善机构里安详地死去。

“Hospice care”经过许多年的演变，无数志愿服务者用自己温暖的双手，抚慰了濒死的苦难的人们，使其成为可怜的人生旅途最后一处燃有篝火的驿站。

1967 年，英国的桑德斯女士在伦敦建立了世界上第一座现代化的临终关怀机构——圣克里斯托弗临终关怀医院。

临终关怀事业在全世界如火如荼地蔓延。

但在一些国家，人们只知道临终是一个极端痛苦孤独的时刻，和关怀搭配在一起，不知是什么意思。

我们推开一间病房，熏人的香气扑面而来，呛得英国人打了一个喷嚏。太突如其来，绅士来不及掏出手绢，于是我们看到了白种人粉红色洁净的上膛。

“喏！带香味儿的烟雾会刺激病人的呼吸道。在我们的国家里，驱除病房内的异味儿，应该用鲜花。”詹姆斯博士说。

齐大夫说：“东方的逝者喜欢这种神秘的味道，给人一种成仙的感觉。临终关怀医院里一切以病人的要求为第一，所以我们熏香。”

詹姆斯博士半信半疑。

病房里只有一张床。只有一张床的房间叫“高间”——

高级房间之意。同高干病房不同，只要多出钱就可以住。

但是病人没有躺在病床上，而是仰在沙发上痛苦地呻吟。他的双腿缠满绷带，疼痛把他的脸撕扯得很恐怖。

“他是什么病？”詹姆斯博士问。

“双下肢动脉闭锁合并感染。”齐大夫答。

我知道这是一种极为痛苦的病症，甚过癌症。

“为什么不用镇痛剂？”博士不解地问。

“用了。”随行的护士说。

“可病人还在痛。”博士恼火地说。

“镇痛剂每四小时用一次。上次的药效已经消失，下次的时间还未到。”护士耐心地解释，心想堂堂医学博士，怎么连常识都不懂。

“他多大年纪了？”博士问。

“89 岁了。”旁边一位家属说。

老人知道是在说他，突然用尖锐的声音惊叫起来：“我为什么还不死啊？为什么！老天！求求他们，让我死了吧！人要走，怎么这么难！孝顺的孩子们，帮我一把，让我死了吧！都怪我的秋衣不结实！你们要是给我买件结实的秋衣，我的苦也熬到头了……”涕泪纵横。

齐大夫顾不得翻译，问家属：“怎么回事？”

家属说：“老爷子痛得受不了，好多回想寻死，我们时刻看着，不敢让他够上一点儿带尖带钩的东西。刚才他疼得实在受不住，趁我上厕所的时间，从沙发上爬起来要上吊。他早就不能平躺着了，躺下来就得疼晕过去。他哪有绳啊，就把秋衣脱下来绾了个扣，搭在晾衣服的铁丝上了。要不怎么说老爷子遭罪呢。每天痛出一身一身的汗，那秋衣早沤糟了，挂不住他，摔在地上了……”

齐大夫不情愿地把话翻给詹姆斯博士，补充说：“幸好没有其他伤。”

“可是病人很恐惧，临终的人并不是恐惧死亡，他们只是恐惧疼痛！死亡不可避免，疼痛却是完全可以避免的。你们为什么不长程足量地使用镇痛剂，保证他们毫无痛苦地走向永恒？怕他成瘾吗？他已经 89 岁了，绝不会活着走出这间病室。你们为什么不让他舒适，让他觉不出任何疼痛？”博士咻咻地吐着气。

齐大夫对我说：“他有什么权利对我们指手画脚？”说完又长叹一口气。

我说：“你快跟他交流，人家正看着你。”

“我们的麻醉性镇痛剂使用非常严格。例如吗啡，要经过几级机构批准，每一片都要登记在案。”齐大夫郑重解释说。

“我可以知道一下贵国麻醉镇痛剂的产量吗？”博士的蓝眼珠很专注。

“当然可以。”齐大夫报出一个数字。

“准确吗？”博士充满疑惑。

“非常可靠。这是我们的国家统计局公布的数字。”齐大夫很有把握地说。

“假如您的数字准确无误，那我要说，一个国家只生产这样微不足道的镇痛剂，对于晚期癌症病人是远远不够的！”博士极为愤慨。

我们都愣住了。我们这个民族善于忍受疼痛，我们以坚“忍”不拔著称于世。我们的每一位久病的英雄都说：“把好药留给别人吧，我还能忍。”我们的医生习惯了对病人说：“到实在不行了，再用镇痛药。刚有一点儿小痛就用，大痛时怎么办？”

我们在思索。

我们又走进一间病房。这是一位老媪，她用乒乓球一般瓷白的眼珠瞟着房顶。一个穿紫衣的护工正给她喂食。一种混有黄色颗粒的乳汁从她鼻孔的管里推进，少部分自嘴角外溢。尖锐的喉结滚动着，耙子似的把液体驱赶入胃。

“这是什么液体？”

“菠萝奶。”护工小白用英语回答博士。她无法确切称呼这种流质，就把菠萝和牛奶两个单词叠加。

一瓶纯白的液体悬挂在半空，好像猪板油。它们凝重地滴进老太婆骨瘦如柴的臂膀。

齐大夫简短地说：“那是蛋白乳，给不能进食的病人提供高热量。”

“在生命的末期，长度已毫无意义，关键是生存的品质。对于已经无法经口进食的人，把导管从她的鼻腔捅进去，强行把复杂的营养成分灌入毫无生气的胃，让她的消化道不得安宁。还有这种黏稠物，进入血管给她疲惫的心脏加重负担。她的肌体是一个衰弱的脚夫。强加给她更多的货物不是残忍吗？当死亡一定要降临的时候，就像一个婴儿的诞生，我们要做的是让它到来得更为舒适和顺利。”博士说。

齐大夫用比英国人更为地道的姿势抱着双肩说：“我从理论上同意您的观点，詹姆斯博士，但是具体情况要具体分析……”

正说着，小白捧着一个多层奶油蛋糕。图案繁复，叠床架屋，堂皇得像古罗马的竞技场。

“奶奶，您要的蛋糕来了。先拿来给您瞧瞧，让您高兴高兴。等一会儿，您的儿子女儿媳妇女婿孙子孙女外孙子外孙女来了，我们就把蜡烛点着，说什么您也要吃一块寿糕。今儿是您的寿辰，有一点没能叫您满意，就是我在店里买生日蜡烛，人家说：‘老人家那么高寿，得插多少支蜡烛？寿糕还不成了马蜂窝？’我说：‘那不成，说什么我们也得插上，奶奶就等着这一天哪！’后来他们给想了个办法，您多大岁数，就插了两个蜡做的数字。待会儿，数字蜡点起红红的火苗，多好看哪！”女孩子兴致勃勃地讲着，完全不顾及半昏迷的老太是否听得见，就像喋喋不休的母亲，相信她的婴儿一定能记住她的话。

老妇真的抖开眼皮，用明亮得骇人的眸子，盯住了蛋糕上的红色阿拉伯数字。

“78”，像灯塔似的戳在奶油之中，柔软的烛芯像男孩儿调皮的卷发，耷拉在一旁，引诱你点燃。

老人自豪地看了所有人一眼，嘴唇动了动。她什么声音都没有发出，好像不屑于为不认识的人浪费精力。不过我们都听到了她的话：“终于活到78岁啦！”

詹姆斯博士翻着硬而卷曲的睫毛说：“是这位老妇人要求你们把她的生命一定保存到78岁诞辰这一天？”

齐大夫说：“是的。”

詹姆斯博士说：“请原谅我刚才的唐突。”

齐大夫说：“我们之间的共同之处大于我们的不同之处。”

詹姆斯博士说：“是的。在临终关怀医院里，病人是最靠近上帝的人。我们要像服从上帝一样，服从他们。”

我们又走进一间病房。仰卧病人是位秃头老汉，在呜呜哭，音色凄厉，像有人往生了锈的管道里吹气。

“爷爷，别哭了。那东西不能要了，对您的病不好。”小白也跟过来，和颜悦色地劝。

“他为什么这样悲痛？”詹姆斯博士问。

我也是第一次看人哭得这样伤心。许多文学作品里都形容老人眼泪如何混浊，其实不确。他的泪珠晶莹，每一颗都有纽扣大。

齐大夫走过去，像哄小孩儿似的搬起他的头：“老爷子，又为那事哭，是不是？”

老汉在泪眼凄迷中看到齐大夫，抖着皱纹笑了：“你来了就好。他们都不听我的，就你心好。”说着用手指挖耳朵眼儿里灌进的泪水，眼巴巴地等着。

小白气得一甩手，说：“齐大夫，您就会收买人心。”

我和詹姆斯博士面面相觑，不知是怎么回事。齐大夫也不解释，从白大褂兜里掏出一包“红塔山”，摸出火柴，噗地点着，将米黄色的过滤嘴优雅地衔在嘴里，徐徐吸着。待朱红色的焰火像仪表灯似的渐渐发亮，迅即拔下。一边吐着雪青的烟圈儿，一边把烟嘴栽到老汉干裂的唇里。

老人像狮子打起欢快的呼噜，大口喷烟。原来就灰暗的脸，罩成紫色。

我看了眼他的诊断：肺癌。

詹姆斯博士赞许地连说 OK。

噗噗！病人把烟把儿像瓜子皮似的弹出，艰难地说：“这烟……不对味儿……骗人……”

小白心疼地捡起烟把儿，说：“齐大夫能骗你吗？这根烟值好几毛钱呢，怎么说丢就丢了？”

病人梗着脖子说：“我抽了 70 年的烟，我能冤枉人吗？

我没说齐大夫他骗我，我是说烟贩子骗了齐大夫。齐大夫比孩子们好，他们不叫我吸烟。我说：‘你们有后悔的时候。到那时，想我了，甭点香，就在我的骨灰盒上烧根烟就行。不过得好烟，冒牌货可不行。’”

齐大夫脸色很难看。

詹姆斯博士上前一步，从裤袋里掏出一个硬如盔甲的烟盒，按了某处机关，啪地蹿出一根。他用长满黄毛的手指拈起烟，打着金乌龟模样的打火机。并不见火苗跳起，烟就熏着了。他轻轻嘘了一口，递给病人。

肺癌紧紧地抿着口，像个死蚌。

“给——你——”詹姆斯博士用怪调的中文满脸热情地说着，蓝眼珠里跳荡着慈爱的光辉，“这是正宗的英格兰产品，绝无假冒。”他又用英语说，急切地要齐大夫翻译给病人。

肺癌把嘴张开了，但不是接烟。说：“我不要沾过你嘴巴的烟。我要是叫你传染上了艾滋病，怎么办？我听人说了，亲嘴可以传染。”

我觉得齐大夫完全可以把这些话隐瞒下来，随便用其他理由拒绝博士的好意。但是，齐大夫原汤原食地将话译了过去，不怀好意地瞧着大洋彼岸的绅士。

我们都很紧张。

詹姆斯博士悲悯地看着病人，停了一会儿才说：“不要以为西方的每一个人都是艾滋病患者。我可以很负责地说，我不是。”说罢，他把烟盒留在床头柜上，对小白说：“小姐，请您再给他点上一支烟。谢谢。”

他小心地没有触到烟盒内壁。

小白憋红了脸。齐大夫接过来说：“中国女士一般不会吸烟。我来吧。”

老爷子香喷喷地吸着烟，冲着外国人，连连竖大拇哥：“好烟！好烟！”

詹姆斯博士观察起墙上的一幅字画。小白又到别处忙了。

“齐大夫，你还是挺适合搞临终关怀。刀子嘴，豆腐心。”我说。

“不。”他高大的身躯佝偻了，“我给病人买的‘红塔山’的确是冒牌货，正规店里的太贵了。病人们都管我要烟，我又不能要他们的钱。卖烟的小贩说这烟是专卖给送礼的人的。我的烟是给临去了的人，我不该骗他们。”

詹姆斯博士说：“我仔细研究了他这张图表，发现其中有一个规律……”

我们定睛看去，那是一幅草书，铁画银钩“老吾老以及人之老”。

“什么规律？”我们异口同声。

“这个符号连续出现了三次。”博士毛茸茸的大手指点着。

真够难为这位洋博士的。一片天女散花的狂草之间，他居然认出了三个相似又绝不雷同的“老”字。

齐大夫看了看我说：“解释是作家的专利。”

我说：“还是你说吧。你们既然把它贴在这里，自然有寓意。”

齐大夫清清喉咙，说：“这第一个‘老’字，是一个动词，意思是照顾服侍老人。第二个‘老’字是代词，指的是自家的双亲。这第三个‘老’字是名词，包括普天下所有的老人，具有一种抽象的意味。”

詹姆斯博士凝神听着。

齐大夫接着说：“这句话串起来的意思就是，你要像服侍自己的双亲那样服侍整个人类的老人。”

詹姆斯博士喟叹道：“神秘而博爱的东方哲学！”

我们为詹姆斯博士送行。

“我没想到在中国，能看到你这样年轻而认真的同行。”看得出，詹姆斯博士挺欣赏齐大夫，但他的夸奖仍极有节制。

“我这一次到你们的国家来，请我看了豪华的宾馆、现代化的流水线，吃了皇帝吃过的饭，游览了美丽的古迹。一切都在萌芽，你们几乎什么都有了。建设中的中国现在只缺一样东西了。”詹姆斯博士很真挚地说。

“什么东西？”我们又一次异口同声。

“就缺临终关怀事业了。”他说。

我觉得这真是干什么吆喝什么，但还是为他真诚的敬业精神所感动。

詹姆斯博士继续说：“你们的临终关怀医院太简陋了。我们的医院像花园，甚至还有一所幼儿园建在里面，让孩子们的欢笑去冲淡死亡的叹息。我们还有无数的志愿者，大学教授、学生、白领职员、家庭妇女……当然最多的是大学生，组成关怀者大军，完全无偿地为垂危的病人服务……”

齐大夫毫不留情地打断了他的话：“我们现在就有不要任何报酬的志愿者。”

同样固执的英国博士说：“可是我没有看到。”

“那是你在中国待的时间还短。假如你有兴趣，请周末下午来，你会看到我们的志愿者。”齐大夫毫不退让地坚持。

一位志愿者站在我面前。我是那么不情愿用志愿者这个词来称呼她。她很年轻，眉宇间很忧郁，时刻提醒你她不是一个完全的志愿者，而是被某种目的驱使到这里来的。

这一次站在院子里，是为了更方便地谈论死亡。病房里住满了垂危的人，尽管有的昏睡，有的痴呆，我还是不愿在距离他们很近的地方谈不可避免的归宿，尽管他们可能完全听不见。

因为冷，女孩儿的瘦削的双颊现出艳丽的玫瑰色，使她比我初见时可爱了许多。冷和热都会使年轻人脸色红润。但热会使额头也红起来，人显得毛躁。唯有冰冷中的红润，像果子一样生动。

“你为什么到这里来的呢？”我问。我不是专业记者，很不会采访，只拣最好奇的问。

“因为……大家都来，我就来。”她说。声音很小，迫使你离她更近些，看到她的额头明净得像刚洗过的玻璃杯。

“如果大家都不来，你来吗？”我问。这是一个穿着随大流的小姑娘，今冬最流行的黑色羊毛健美裤，套上洋红色的小靴子，该是很有生气的打扮，但仍然觉出她的沉闷。

“我不来。”她干脆地说。

还好，有说真话的勇气。

“那么为什么来呢？”

“因为总说要做好事，一般的好事早都叫人做完了。我说的不是数量，是种类。学院要挖掘新的好事品种，一位同学的表姐在这儿当护士。她说：‘大学生闲着没事，到医院来陪老头儿老太太说会儿话吧。’就这样。”

“同学们都有些什么说法？”

“说什么的都有。先说：‘给不给钱啊？外国干这事可得给大价钱。’立刻有人反驳：‘你才土了呢，外国干这活儿一分钱也不要。’其实他们俩说得都对，又都不对。如果要钱，真是不少要。如果不要，就一分钱也不要。”

“你们呢？”我明知故问。

“我们当然不要的。一星期来一次。”

“大家愿意来吗？”

“怎么说呢？又害怕又好奇。真的，我长这么大没见过死人。我特怕见死的东西，所以我喜欢小动物，可是我从来不养。觉得养不好，它们就死了。心里的难过，远远大于它们活着的时候带给我的欢乐。我问过我妈，说：‘以前的人有的连蚂蚁都没踩死过，我眼睛不好，根本看不清地上有没有蚂蚁，不知踩死多少小生灵了，真糟。’我妈说：‘傻孩子，一条性命，哪就随随便便没了？只要不是成心用鞋底蹍，蚂蚁不会死的。’我试了一回，穿着旅游鞋走过去，回头趴在地上一看，蚂蚁安然无恙。我的心不坏，可是我不愿来。不是因为别的，我太容易忧伤了，胆子还特小。”

“不来不行吗？不是说自愿吗？”我问。

“不行。学校把它规定为品行项目，要打分记档案的。刚开始，我的确不太情愿，但现在，我是心甘情愿地来了。”

我说：“详细讲讲好吗？”

“第一次走进这个院落，死气沉沉。表姐说：‘同学们愿意进屋同老人聊天最好，要不帮着打扫卫生也行。’她知道我们害怕。

“几个胆大的同学随便找了个门，一推就进去了。我很想等他们出来告诉我究竟是怎么一回事再决定进不进，可他们好像进了旋涡，再不露头。我傻傻地站在院子当间，后来

发现只剩下我一个人站在那儿。表姐走过来说：‘你要不帮忙擦玻璃吧。’

“我端了一盆热水立在一扇窗户外头。那一年的冬天比今年冷，玻璃上结了厚厚的冰花，是从里面结的，外面蒙着黄沙。我用手把抹布拧干，表姐会关心人，水是热的。我团着手巾在玻璃上一下一下地抹，一溜溜同抹布等宽的洁净玻璃面就露出来了。现在只剩下里面的冰花了。我是第一次那么仔细地观察冰花，像一棵棵圣诞树，笔直地立在透明的大厦里。因了毛巾稀薄的热气，它们极轻微地融化了，精致的树叶好像淋了雨，晶莹的雾气缠绕其上，轮廓柔软地模糊了。现在，这间病房玻璃朝外的一面，已经像刚洗过的葡萄，带着隐隐的水珠，漂亮清洁。明亮但并不温暖的阳光照在上面，泛出带虹彩的光。

“其实没什么用，光擦一面的玻璃等于没擦。我不敢去擦里面，不知这间门窗紧闭的小屋里躺着怎样可怕的怪物。没办法消磨剩下的时间，我就用手指揉搓那块最下面的玻璃。玻璃这东西挺奇怪的，你用布用报纸用汽油用酒精，都没有用手指头擦得干净，好像手跟玻璃相克。

“我下意识地用手心画着圈儿，玻璃闪出钢蓝色的光。突然，手掌对侧的白羽毛神奇地变薄了，露出一个淡褐色的洞，好像一块蛋形的巧克力敷在玻璃的那一面。由于我的体温，一小块冰凌变成蒸气飞走了。我不由得凑过去，想看看这间我擦了外面玻璃的房子，是番什么景象。

“我换了一只手。原先那只手掌已变得同冰块一般冷。新的手心热力很冲，油亮黑暗的斑块迅速扩大，已经够我把两只眼睛镶在上面了。

“我半蹲着腿，因为那块玻璃很矮。我屏住气把鼻子压扁在冷冷的玻璃板上……

“您猜我看到了什么？”她忧郁的眼神垂落在地，好像怕吓了我，提示我有个准备。

她不知我当过医生，而且已在病区盘桓多日。

“雪白的被单，瘦如骷髅的老人，树根一样的皱纹，氧气瓶……”我直截了当地说。

“您说得对。”她轻声说，知道没有什么能出乎我的意料。

“我是看到了那些，但不在那一刻。那一刻，我看到的是无边无际的黑暗。黑暗中，有萤火虫在飞，不多，仅两只，但飞得很快。在黑暗四周，有一圈儿白茫茫的藤条，编织着细密古怪的花纹……”

“那是什么？”轮到我吃惊了。能让一个有着20多年医龄的主治医师吃惊的事，实在是不多。

“那是一双患白内障的老爷爷的眼睛。他正从我用手心融出的那两个小洞向外张望。”女孩儿依旧垂着眼帘说。

“讲下去。”我极力使自己音色平和。

“后来我就进去了。我看到了您刚才说的那一切。我对老爷爷说：‘我是来为您服务的。’

“他在床上，仍然保持着窥探外界的姿势，只是脖子软弱地捌在肩膀上。他是晚期胃癌，消瘦得无与伦比。脸色像扔在角落里的脏塑料袋，眼睛大得令人恐怖。也许是刚才的运动费尽了气力，他拼命喘息。

“看得出他非常寂寞。我想他该对我的到来表现出高兴，可是没有。他面无表情地对着我，淡漠得像一块旧床单。

“我是个生性腼腆的女孩儿，对那些热烈追求我的男孩儿都不知说什么好，面对这样一个年纪足可做我太爷的沉默老者，真不知该怎样。

“我呆呆地看着他，他也呆呆地看着我，就像我们最初隔着窗户那样。

“就在这时，护工小白送饭来了。我说：‘你到别处忙吧，我来喂饭。’

“小白说：‘杜爷爷的饭可不好喂了。要实在不吃，别勉强。’

“我说：‘你放心。’我把鸡汤面放在嘴边吹，不凉不烫地送到杜爷爷面前。他的嘴像被透明胶纸粘住了，严丝合缝。

“‘您得吃饭啊。’我后悔揽了劝人吃饭的活儿，我不会劝人。

"他终于开了口，不是吃饭，是说话。'药都没有用，饭就更没用了。我不要吃饭。'他很清醒，癌症病人至死都很清醒，没有人能说服他们。

"'您总得吃一点儿。'我又说了一句。我不会说别的话，就擎着勺愣愣地站着。勺里的面凉了，我就把它磕在另一个碗里，重剜了一勺热乎的汤，像举蜡烛一样端着。我想，古代的举案齐眉，大概就是如此。

"杜爷爷打起精神，挣扎着说：'你这不是成心气我吗？'

"我眼泪一下子迸出来。'我跟你无亲无故，这么服侍你，你还不知好歹！'

"我倔强地一直举着，直到鸡油凝出黄圈儿。

"杜爷爷叹了一口气说：'我吃。孩子，但有一个条件。'

"我心里很反感。吃不吃饭是你自己的事，还跟我讲什么条件。可一想到回去还得汇报今天的战果，只好顺着他。就问：'什么条件？'

"这回他回答得挺利索：'唱一首歌吧。'

"我为难地说：'我不会唱。'

"他毫不通融，死心塌地地说：'那我就不吃饭！'

"我在心里嘲笑他。你见过这么不讲理的老头儿吗？我只是一个志愿服务人员，几个小时以后就走了。你吃不吃饭关我什么事？是你肚子饿还是我肚子饿？这么大年纪了，还

要人来哄你。我愤愤地说：‘不吃就算了，我去喂别人。’

“他仿佛很怕我走，忙说：‘你唱一句就行。唱一句我就吃一口。’

“真没见过这样的交易。做事总要有始有终。我说：‘好吧，我唱。只是我从来没有当着人唱过歌，可能不准。’

“他像孩子一样兴奋，望着我说：‘唱吧唱吧。’

“唱什么呢？轮到开口，更犯难。‘唱个《团结就是力量》吧。有劲，听着振奋。’我说。

“‘不听。’他说，‘平日里小白常唱这个。’我这才知道以吃饭要挟唱歌，是他的惯用伎俩。

“我忍着气说：‘那就给您唱个《潇洒走一回》吧。’

“他木讷地问：‘到哪儿走一回？’

“我这才记起他住院已经很久，现时风靡的歌曲十分陌生。我说：‘您看，您让我唱，我要唱的您又不听。您自己说一首歌吧。别太难，我不会。’

“他慎重地开始想，惨白的脸上突然现出黄色。真的，不是红色。由于极度衰竭，他的血很稀很淡，就像绍兴黄酒的色泽。

“他终于想好了，说：‘就唱一首情歌吧。’

“我手里的汤泼了。一个垂垂老矣的病叟，80多岁的年纪，居然要听什么情歌！该不是他的神经有什么毛病？看他目光炯炯的样子，我想起了无所不在的弗洛伊德。这老头儿在寻找宣泄，是性变态。

“我一字一句地说：‘我，不会，什么，情歌！’

“他仍满怀期望地说：‘就是《在那遥远的地方》。’

“‘不会！’我说。

“他说：‘那就《一条大河》也行。’

“我说：‘也不会。’他好像觉察到了什么，试探地说：‘都会的呀。你要记不清词了，我给你提。’

“你说我一个20岁的大学生用他80岁的老头儿提醒吗？我还是硬邦邦地一口拒绝。他改变战术，说：‘你就唱一个“嘿啦啦啦，天空出彩霞”也成。你是不是怕我说了不算数啊，我先吃，我这就吃给你看啊……’说着，哆哆嗦嗦接过勺，填进嘴里，用长了黑苔的舌头搅拌面条。

“我突然一分钟也不愿在屋里待了。我有那么多的功课要做，要看许许多多的书，要和男朋友约会，要去参加舞会和买新衣服……为什么要为一个素昧平生的人耗费金子一样的年华？我已经来过了，这就是说，我已经问心无愧。我可以走了。我说：‘歌我不会唱，饭您自己看着办好了。再见。’

“他怔怔地看着我，面条像有生命的虫子，从他嘴里退出来。

“屋里很静，天已渐黑。我若赶快走，其后的事就都不会发生。小白托着干净的衣物走进来，说：‘正好要给病人换衣服，你帮帮忙。我那边好乱。’她走时顺手把灯开了。

“两端发黑的日光灯管发出毒蛇样的咝咝声。

“我对虚弱地倚在枕头上的老爷爷说：‘请您移动一下，我来换床单。’

“他很吃力地用肘架着半拉身子，挪到一旁。我刚把单子铺平，他就迫不及待地把自己摔回来，仰着喘气。

“我看到在他后背底下，很大一块床单裹了起来，像邮寄了一万里的信封。

“叫别人看到，肯定是我工作不力的明证。我说：‘请您再挪开一次，我把单子抻抻平。这样多难看。’

“他短促地喘着气说：‘又折腾什么？’

“他说：‘不知道是为谁好啊。’

“我说：‘您这个爷爷怎么这样说话？难道是为我好？我又不躺在这床上，那么深的褶子压在你的身下，你会硌得慌！’

“他祈求地说：‘我觉不出硌。真的，孩子，除了心口，我再也觉不出别的了。让我安生会儿，行不？’

“我不由分说地将他搬到一旁。他不很配合，就像小孩儿不肯离开玩具柜台那样。但见我使了强力，也没有很大的反抗。不过你依然可以感觉到他的骨头里那硬僵的倔强。幸好，他比我想象的轻多了，几乎是稻草人。操作时，我听到他的体内像半瓶子啤酒似的，发出冒着气泡的咣当声。为了表示我的不满，我顺便搡了他一下。

“‘好了。你看，现在多平整！看着也舒服。’我抹着头上的汗水说。

“他阴沉着脸一声不吭。甚至尽力欠着半个身子，拒绝沾我铺平了的那边床单。不知是怕揉皱了，又要麻烦我一番，还是无声的抗议。

“‘现在让我们来换衣服。’我不理他，自顾自说。我发现他没有任何力量，我完全可以左右他。不知您注意到没有？在临终关怀医院里，人们对病人什么事都是说‘我们’，从不用单数的‘我’。比如说‘让我们来翻个身’。听起来好像志愿者要和病人一起翻身似的。临终的人都失去自我照料的能力，哪怕一个极简单的动作，都要协力完成。

“‘我不换。’老爷爷很衰弱但很清晰地说。

“真是个难题。‘不行。’我也很果断地说。小白把衣服交给了我，他不换，不是我的失职吗？

“他冷漠地盯着我说：‘我不要你换。’他用仅有的气力强调了那个‘你’字，意思再分明没有了。他不是不换，只是不要我来帮助他这件事。

“我并不是一个很爱帮助人的人。例如在学校里，有人拒绝了我的帮助，我会乐呵呵地跑开，然后永世不理他。你已经表明了你的善意，在道义上你已经圆满。他不需要你的帮助，就咎由自取了。但在这里，一切颠倒了。他分明是需要帮助的，没人帮助他连个饭勺都拿不起，可他却倨傲地拒绝了你！你的自尊被强烈灼伤。

“‘为什么不要我帮助你！’我质问他。特别突出‘我’字。

“‘因为……因为……’他迟疑着。

“我气势汹汹，追究到底。

“‘因为你是个女孩儿。’他终于说出。

“我没有想到竟是这个原因，心里有些感动。但情势不容我听从他，我问：‘那么你打算让谁帮你换衣服？’

“‘小白。’他很快说。

“‘那小白就不是一个女孩子吗？’我不平，觉得受了歧视。

“‘我让一个女孩儿看见也就罢了，没法子的事啊！可我不愿让你们都看见！’他突然低沉地吼叫起来。

“想不到他衰弱不堪的胸膛里，还有这么强烈的性别自尊。我好声劝慰：‘我们都学过人体生理，您不必不好意思。我和小白是一样的。她现在正忙。’

“最后一个理由打动了他。他无可奈何地说：‘小白是太忙了，让她歇歇吧。’

“帮他换衣服，应该说我是很负责的。换内裤的时候，我用被子盖住他的下身。一是维护他那可怜的自尊心，二是怕他受凉。换上衣的时候，我简直就用被子搭了一个小帐篷，钻在里面忙活。

“絮套里的气味很不好闻，有死泥塘的腐败气息。我憋着气，眼泪都流了出来。在医院蓝线条图案的衬衣里，还有一件贴身 T 恤。借着被头筛进的恍惚光线，我看见老爷爷胸前有一张猴脸，就是京剧孙悟空的彩色脸谱。大概是这猴王刚从蟠桃园吃饱了出来，龇牙咧嘴煞是开心。由于久未换洗，T 恤的颜色已像厕所小便池上方的墙壁，污秽不堪。孙悟空脸蛋上的鲜红已染得像酱油膏。

“‘您老抬抬胳膊，我给您把这件 T 恤换下来。’我和颜悦色地说。

“‘不换。’他斩钉截铁地回答。

“‘为什么？’轮到我吃惊。

“‘什么都不为。不换。’他毫无商榷之意。

“老年人真喜怒无常。从 T 恤的污浊判断，纵是小白，上回也没说服他脱下这件宝贝。我敏锐地想到这可能是一件信物，一定有一个故事，也许和他的情人有关。只是这种 T 恤是这两年才兴起来的，带有一种漫画式的夸张，叫人忍俊不禁。想必他的情人是位幽默的老媪。可是她为什么不来看他？可怜他孤苦伶仃的样子，身边是一个亲人也没有。又一想，要是我能说服他换下来洗一洗再穿上，不是比小白还能干吗？

“我说：‘洗净了，我再给您穿上。’

“他恼怒了：‘我不换！我说过了我不换，我就是不换！

你这个姑娘怎么这么讨厌！你是来帮助我还是来成心气我？你从一进门就吊着脸子，吆喝我干这干那，烦死我啦！你根本就不是为我，你是为了你自己！’

“我此时还伏在他的被子里，预备给他更衣。他声音透过我的头顶厚厚的棉絮滤过来，如喑哑的鼓鸣。我呼的一下撩开被子，全然忘记他还赤裸着双臂。扇起的冷风把他枯萎的白发吹得炸起，更显出面目的嶙峋。

“我大吼一声：‘没见过你这样的病人！’要不是记着临来时表姐的嘱咐，无论如何不能同病人吵架，我非跟他没完。

“他恨恨地看着我。大概是怕冷，自己艰难地穿上衬衣，遮住了那个嬉皮笑脸的肮脏猴王。

“当小白进来的时候，一切看起来还算正常。

“小白说：‘杜爷爷，今天来的志愿者是大学生，比别的来得更细心更有经验吧？’

“老人极含糊地呜了一声，看起来很沮丧。

“‘别难过他们走。爷爷，他们下星期还会来的。’小白甜甜地说着，抱走了蓝条纹的衣物。

“我感到精神和体力都很疲惫。我不是一个爱交际的女孩儿，和这样一位喜怒无常的老叟打交道，恨不能马上逃走。

“‘你把面条给我端过来。’他毫无感情地说。

“‘冷了。’我说。毕竟他是要死的人了，我不能不理他。

“‘拿来。’他命令式地说。

“我端了过去。面条已凝固。

“他用勺抠了一块儿，按进嘴里。嚼呀嚼，好像那是泡泡糖。然后极为痛苦地咽下去，我听到扑通一声响，好像把石头丢下深潭。

“他看着我，把勺子很响亮地撂下。

“我控制着内心的嫌恶，尽量柔情说：‘老爷爷，我走了，下周六我再来看您。祝您晚安。’

“他蜡像般卧着，无声无息。

“我小心翼翼地往外走。当我就要挑起厚重的棉门帘时，听到我的背后发出声音：‘你到这里来，应该是给人带来快乐。你这种哭丧着脸的女孩儿，我再也不想见到你啦！’

“声音大而洪亮，简直可以称为咆哮。你绝不相信它出自一个病人。

“我急速跑出去，任泪水横流。这是一个老怪物，老疯子。他一定得了人世间最严重的神经痴呆，脑软化！他活着给世界带来丑恶，赶快死了吧！

“我用一个文明女孩儿所有想得出来的刻毒语言咒骂他，直到下个星期六。

“又到了志愿者服务的日子。集合的时候，我对班长说：‘对不起，今天我不能去了。’

“他说：‘怎么了？上回医院还表扬你能干。’

“我说：‘感冒了。老人本来就体质弱，传给他们就糟了。’

“他说：‘不会吧？这么快？中午我还看你和男朋友打网球，别是借机去看电影。’

“我说：‘感冒就是突然感到被冒犯。今天下午我将一直在图书馆带病坚持学习。你可以明察暗访。’

“我没有去，整个下午心神不定。每间房屋里都有志愿者，只有那里寂寞。不知他如愿以偿还是感觉凄凉。想必该是前者，是他说的他不愿见我。想到这里，我抱着一本最难读的书啃下去。

“又一个周六来临。这一次我编不出新理由，再者我想看看那个倔老头儿究竟怎样。假如他要拒绝我，就请当众说好了。省得明明是他的责任，却要我东躲西藏地背黑锅。

“我走进临终关怀医院，碰见小白。她说：‘你来了，太好了。上个星期六杜爷爷一直在等你。’

“‘是吗？就是那个倔老头儿吗？’我心中突然很温暖。我不该和他怄气，他毕竟是病人。我三脚两步地往那间小屋跑。我看见窗上的冰花像帷幔一般厚。这一次我一定要里外都擦，让老人家躺在床上就可以看到外面的天。

“小白一把拉住我说：‘别去了。那间房子已经空了。’

“我说：‘那他呢？’我不知他的名字。

“小白说：‘他去了。就是昨天，星期五。他很想等到

星期六的，可惜没有等到。世界上的有些事，不是你想怎么着就能怎么着的。’

“我说：‘这不可能。’

“真的，我不相信这个死讯。一个可以发那么大脾气的人，怎么能说死就死了呢？

“小白说：‘我小时候也不相信人会死，但杜爷爷确实是去了。他只有一个女儿在美国，临死也没能赶回来。他一直都很清醒。最后他已经不再等他的女儿，只是等你。’

“我说：‘这怎么会？等我？’我知道有些人在临死前会等人，甚至死不瞑目。但他不会等我。我同他只见过一面，而且还不欢而散。

“‘是等你。’小白很肯定地说，‘他说他对不起你，想当面向你道个歉。’小白突然想起来：‘他还有件东西本想亲手交给你，后来托给了我。你等着，我给你去拿。’

“我站在朔风呼啸的院落里，望着冰花烂漫的窗户。昨天，昨天我在做什么？上天为什么不给我一点儿启示呢？

“小白回来了。一层层打开布包。于是，我在北方湛蓝的天宇下，看到一件雪白的 T 恤衫。前胸是一个嬉笑着的美猴王脸谱，双眼喷射晶光，嘴唇刚被桃汁浸染过，鲜红欲滴。

“上面有一张字条。

孩子：

你是我这一生认识的最后一个人了，原谅我那天对你的暴躁。看得出你是个天性忧郁的女孩儿，因为我以前就是这种性格的人。这不好。得了癌症以后，我决心做一个快活的人。我想了许多办法，比如唱歌。但最有效的是穿这件孙悟空的背心。我一看见这个滑稽的猴脸，就忍不住微笑起来。我要到遥远的地方去了。在我走之前，也送给你一个猴脸。当你忧伤的时候，看看它，你会情不自禁地微笑。

一位爱发脾气的爷爷

"字迹非常潦草，每一横每一竖都是分几次写完的。

"北风里，我满脸都是泪水，但我真的望着那件鲜艳的脸谱 T 恤，微笑了。

"小白说：'爷爷死的时候很痛苦。他是胃的幽门部癌，肠道完全梗阻，就像人的下水道不通，全积在胃里。每进一滴水，都像毒药。'

"我知道爷爷最后的那勺饭，就是他对我最大的抚慰了。

"以前，我真的不会唱歌。现在，为了到这里来，我学会了许多歌。人们在许多地方寻找快乐。很多人终其一生也没能找到。爷爷教给了我快乐，死亡教给我快乐。您说，我现在是不是已经不是很忧郁了？"

女孩儿望着我。

我说："祝你永远快乐地为老人们唱歌。"

由于我在医院里频繁出没，有的病人家属已同我熟识。

"是你老爹还是老妈在这里关怀着？看来你是个孝子。来探视总看见你。"他们说。

走进院长办公室，齐大夫恰巧也在。我说："我对这次采访很满意。还有最后一个要求，希望千万不要拒绝。"

他们真诚地说："尽管说。"

我说："就是介绍一个病人住院。时间不会长，所有费用一律照付，不必优惠。"

他们说："没问题。跟您关系密切吗？"脸上露出关切之色。

我说："很密切。"

他们说："男的女的？"

我说："女的。"

他们查了墙上的病区床位一览表说："正好有一张女空床。叫病人赶快来吧，我们的床位很紧张。"

我急急点头："今天就来。"

他们说："要不要我们派车去接？我们有这个服务项目，上门拉病人。收费很少，只要一点儿油钱。"

我说："谢谢，那倒不必了。"

齐大夫说："您说待不了几天了，想必已是最后时候。不知病人什么病？人在医院还是在家？"

我说："那个病人就是我，我想在你们的病房住上几天。我想体验一下死亡，请你们一切都按正规程序来办。"

院长和齐大夫把鼻孔张得好大。要不是多日来相互了解，我想他们会建议我去安定医院。

院长说："好吧。我这是第一次收一个注定出院的病人。不过，一旦来了重病人，你必须立即腾床。"

我连连点头。

齐大夫说："没想到作家也挺敬业。死亡其实没有你想象的那样玄。中国有个成语叫'垂死挣扎'，好像死前痛苦万分。根据最新研究，肌体在死亡之前已经做好了一系列的准备工作。神志模糊，感觉迟钝，阈值提高到极限。你不能用正常人的感受看待死亡。"

院长说："我同意齐大夫的观点。有一则医学报道说，病人躺在手术床上，局部麻醉。突然病人叹息了一声：'我要死了。'随后，他的呼吸心跳完全停止。这是货真价实的死亡，正在流血的伤口，变得干干净净。因为心脏罢工，再也不会有血流出来。开始抢救。15分钟以后，病人才重新恢复心跳和呼吸。你知道此人是怎么形容死亡的？"

我说："这个人说得可能不大真切。他毕竟又活过来了，是个赝品。"

齐大夫说："您这话说得不准确。假如不是全力救治，他就再不会转回来。呼吸心跳停止的感受，就是死亡。"

我说："那好，我们来听听他品尝死亡的感觉。"

院长说："他说死亡是轻飘飘暖洋洋的羽毛一般。那个瞬间是飞翔的感觉，一切痛苦都不复存在了，极为舒服。"

我骇然，比听到死亡是最惨烈的酷刑还要骇然。

"死亡可能真是一件很美妙的事情。起码，它不像我们想象的那样可怖。"齐大夫说。

他看出了我的保留，就说："例如你去了一个地方，觉着不好，不适应，是不是你就回来了？"

我说："是啊。"

他说："这就对了。你见过一个从死亡国度回来的人吗？"

我顿悟，说："没见过。他们都不愿意回来？"

院长说："我们缺乏死亡教育，认为死亡凄迷可怖。我想揭掉死亡的面纱，既然我们或迟或早要到那里去旅游，我希望能给将去的人一张导游图。"

齐大夫说："您要住的那间病房今天恰有一人要死亡，估计发生在凌晨 4 时左右。那是阴气最盛的时辰。那里有四张床，死亡发生时又要有一系列的操作。不知是否打扰您的睡眠？"

我说："我很高兴睡在那里。"心里想：不会打扰我的睡眠，因为我根本就不会睡着。

院长说："那就这样定了吧。21床，你现在已经是我们的病人了。我给你下的第一道医嘱，就是口服安眠药。"

病房约有二十多平方米，两排四床。自18床起，我的21床把门。

知道内情的护士小姐莞尔一笑："害怕请打铃。"

我说："我的神经像缆车索道一样坚固。"

她走了。另三张床上都是老太，犹如三段槁木。我犯了一个极大的错误，是没有问清谁将在凌晨4时走完最后的路。有心叫护士小姐，又怕她以为我胆小。

自己看吧。我自以为还是可以看出谁将去了。

已经入夜。我借着回廊里的微弱灯光，先上溯到20床。我立即断定不是她。她的嘴唇微启着，朱红的舌尖从缺齿的间隙凸鼓在嘴外，像颗半腐烂的樱桃。血脉很有规则地在舌苔下浮动，不像一时半会儿即将远行。

我走近靠窗户的19床。她神色灰败，脖颈像一只古老的乐器，排满筋络。我在她的床头站立了五分钟，她像沉睡了千年的木乃伊，丝毫不知有人。我想：去的就是她了。忽然听到扑啦啦的响声，那老妇人折叠成五层的眼皮睁开了。

在这样近的距离同垂垂老媪对视，好像在观看史前遗迹。

"新来的？"她问。底气居然很冲。

"是。"我慌乱应道，好像在超级市场被抓了赃的偷儿。

人家活得这样旺，你却在揣测死。

“癌症？”她问。

我说：“是。”

“他们会经常让你搬家。”她说。

我说：“为什么？”

她说：“因为有人要去。你住的屋有人要去了，他们怕吓了你，就让你搬家。我已经搬了四回家了，后来我就不搬了。你是新21床，老21床昨天去了，我就没搬。”

我说：“我不怕去，我怕搬。而且不论你搬到哪个房间，都有人去。这就是去的地方，天天都有人去。”

“20床是植物人，18床就要去了……”

她毫无先兆地停止说话，撇下我一人在昏暗中。

问题已经解决。

18床像一根轻飘飘的白发，在床上无声地扑动着。她已经完全昏迷，瞳孔散得很大，像黑蚀吞没了眼珠。她的呼吸很快，我试着用她的频率喘了一会儿气，立即感到窒息。

我走回21床。这是我的宿营地。

雪白的床单上，有几片洗涤不去的污渍，绷得很紧，整个床面显出鼓面似的平坦。枕套也可疑地膨隆着，好像一张纸虚蒙在碟子上。

我小心翼翼地上了床。穿着信笺条纹的蓝衣服。钻进了洁净的被褥。我辗转一下，使自己躺得更舒服，猛然感到滑进了一个“槽”。在平铺的白褥单之下，有一个人形的凹陷。它把我楔在里头，严丝合缝。我的头骨同时落入枕头上的卵圆形窠臼。它像包裹精密仪器的泡沫板，将我的包括两个耳郭在内的头颅妥善地固定在枕中。

一位又一位僵卧不动的去者，在床上塑出了他们的最后杰作，后来者只是“卡”入而已。我竭力想躲开那个像人仰卧在海滩上遗留的印痕。但是，我不能。无论滚到何方，都逃脱不掉。只有服服帖帖地埋在这个坑里，才有天造地设的和谐。

于是我不再挣扎。习惯了，还挺舒服。我抚摩着我的被子，它在无数去者的肌体上覆盖过，此刻又送我以温暖。我无法逃避枕头的气味，它把无数逝者的信息，强行输入我的大脑。枕头里的每一粒荞麦皮都浸透了故事。

我看到天花板上有一块舌形的干涸水泥斑。我想在某位知识女性的眼里它一定像一幅地图，在家庭妇女的眼里一定是断了尾巴的壁虎。

距我头很近的地方有一个幽蓝的凸点。我伸出食指去抚摩了一下，它的颜色不掉。我立即感到以它为轴心，大约有一寸见方的墙壁格外润滑。噢，我明白了。所有曾经躺在这张床上的濒死的老人，都曾老眼昏花地注视过这个斑点儿，都曾用颤巍巍的手抚摩过它。

一个充满玄机的斑点儿。谁能破译它的密码？

我极力体会死亡之前的感觉，眼前却一片迷惘。

夜渐渐地深了，走廊里的灯也大都熄掉。房屋淹没在死亡前的黑暗中。院中的安眠药居然毫无效力，我的头脑清醒如冰冻果汁。空气里充满莫名的音响。植物人瘦小的躯体里潜伏着巨型发动机，每一声呼吸都如雷贯耳。18床的喘息越来越快，几乎成为连续的抽噎。犹如极快的迪斯科鼓点，使你的咽喉也不由自主共振，窘急壅塞胸膛。最可怕的是19床，她在咽了没说完的话之后就渺无声息，万籁寂静似羽化成仙。没有声音比喧嚣不已更为可怕。

我翻转躁动，感觉凌晨4时永不会到来。

“你没睡着？”突然的问话如树精再现，我惊出一身冷汗，完全不辨声音出自何方。

“我是说你，21床。这里只有咱们两人会说话。”19床的老女人安详地说。经过长时间的养精蓄锐，她口齿清晰简直像播音员。

“是。”我说。

“把你的手伸到床右边褥垫底下。”她不容置疑地指示我。

我照办。

“摸到了吗？”她说。

“摸到了。”我说。一个小药包在我的手里簌簌作响。

“在嘴里攒点儿唾沫，攒一大口。咽下它去。”她继续在冥冥之中指挥着我，声音有着不可抗拒的威严。

“这是什么？”我问。我已摸出纸包里硬硬滑滑的轮廓。

“药，安眠药。”她说。

“噢，我已经吃了，可还是睡不着。”我说。

“那还是吃得少！再把这两片吃下去，一定有用。”她很有经验地说。

的确是两片安眠药，同院长给我的一模一样。“这是谁的？”我问。

“21床的，就是刚刚去了的那个21床。这是她最后的药。她对我说：‘这点儿药我怕是用不着了，我就要上路了。扔了挺可惜，还给医生他们也不要了。这儿的床位很紧，马上就会有新的人来。刚来的人都睡不好觉，我掖褥垫底下，你就让她们吃吧。’没想到真派上了用场。吃了吗？”

我说：“我吃。”

她又说：“别害怕。没什么。我见过几回了，真的没什么。”口气就像我小时候，先打了预防针的女孩儿对后面的女孩儿说。

我说：“我不怕。谢谢您和以前的21床。”

她嘎嘎笑着，说：“谢我的我就收下了，谢21床的，等你到了那边再跟她当面说吧。”

她又突然隐去了。这一回，有结结实实的药在我手中。

一个陌生的死去的女人留下的药，我却感到和她那么亲近。我把药抹进嘴里，缓缓地咽了。

我想到了一个词——遗药。

生和死的界限在我的头脑里渐渐模糊起来。它像哈雷彗星的轨道，一个巨大的椭圆。

从死者那里继承的药片有着特殊的魔力。一觉醒来，我对面的18床，已经无声无息地消失了。床上的被子见棱见角，瑞雪一般祥和平淡。

护士笑盈盈地看着我，说："您居然睡得这样熟。我们处理18床的后事，您一点儿都不知道。"

我悔得捶胸顿足。

20床的植物人依旧是极宁静地吐着舌头。

我不敢靠近19床，怕她看见我绝非病入膏肓之徒。我盘腿坐在被垛旁，好像真正沉疴不起的病妇。

"你是装的。"19床虚怀若谷地说，"装什么不行，来装死呢？你睡着了的时候，我一听你的喘气声就知道了。真正要去了的人，喘气是三长两短。"

她埋藏在被子的沟壑中，我不知她的表情。

在这样一位充满了死亡睿智的祖宗面前，你什么话都说不出来了。

但我还是要说："我不是为了好奇。因为人们都害怕这件事，我想事先尝一尝，告诉大家。"

19床说："你想得倒好！尝得到吗？尝不到的。死亡是一个红果子，要好多年才会熟。每个人都有一个，你急什么？抢着摘下来，是青的。青果子和红果子能是一般滋味儿吗？”

我哑口无言。

她忽然细细地笑了，说：“你知道我现在想的是什么？”

这正是我极想知道的。这些天里，我总想问问垂危的人们，可是我不忍心。我怕太悲怆。现在有人主动坦露，自然求之不得。

她说：“我在想，下一辈子我变个什么好呢？过几天我就会被抬去烧灰，在晴朗的日子里，如果有风，我会被刮得很远。我可不愿意在天上飘得太久，我打算很快就落到地上来。最多也就明年这个时候吧，我就变回来了。我已经想好了我要变的东西，如果不遂我的心，我就想想办法扛过去。比如赶上要我变成一棵树，我就不吸水，早点儿枯死。有些树无缘无故地枯死，就是这个缘故，它们不乐意做树。要是让我变成一个碗，我就跳到地上打碎，锔也锔不起来。你碰到碗自己打碎的事吧？”

我已经习惯了惊世骇俗的语言，连说是。

“这样我就能变成我想变的那个玩意儿了。”她满意地结束了自己的话。

面对着老妇人运筹帷幄的缜密的思维，我叹服之余小心地问：“那您究竟想早日变成什么呢？”

“眼睛。一个胖小子的眼睛，要睫毛长长的那种。”老婆婆斩钉截铁地说，“实在变不成一双，变一只也成。”她下了很大的宽容心，“那一只就让给别人变吧。”

我探身，注视到她瘪如空巢的眼窝，才知道她是一位盲人。

我想未来一定有个男孩儿的眼睛像鹰隼般锐亮。

“你呢？你下辈子打算变个啥？”她像老树精似的问我。

“我……”我张口结舌，发现自己关于死亡的所有知识都浅尝辄止。我们以为运行到死，生命就完结。其实真正将死的人，忙碌地考虑着后面的事情。

是的，我们会化烟。烟会在天上飞，它终究会落地。构成我们生命最基本的那些小粒子，携带着我们的信息，在宇宙中穿行。那是一把打乱了的牌，只有极少数的时候，才会再化成人形。我们会变成自然中的任何一种物质，显形或是隐形地俯视着世界，在无垠中沿着永恒的轨道盘旋。

珍惜这明亮的机会，直到最后一分钟。

“慢慢想……你还有好多年的时间哩……不急，不急……”婆婆又突然住了口。她安详地睁着无珠的眼眶，不再与我说话。

坐在临终关怀医院的病床上，我呼吸着新鲜的阳光，由衷地微笑起来。

是的，我们还有许多年呢！

阳光打在粉墙上，照亮一幅潇洒的草书：

幼吾幼以及人之幼

按照齐大夫的解释，这句话该是：像爱我们自己的孩子那样爱全人类的孩子。

临终关怀医院里的所有字画，都是院长的老父亲执笔。听说他是一位很有名的书画家，给大宾馆作画，一幅都是成千上万元。可是他女儿是一分钱也不给他的。

图书在版编目（CIP）数据

白杨木鼻子 / 毕淑敏著. -- 石家庄：河北教育出版社，2022.10

（年轮典存丛书 / 邱华栋，杨晓升主编）

ISBN 978-7-5545-7175-0

I. ①白…　II. ①毕…　III. ①中篇小说－小说集－中国－当代　②短篇小说－小说集－中国－当代　IV. ①I247.7

中国版本图书馆 CIP 数据核字（2022）第 156174 号

年轮典存丛书

书　　名　白杨木鼻子

　　　　　BAIYANG MU BIZI

作　　者　毕淑敏

出 版 人　董素山

总 策 划　金丽红　黎　波

责任编辑　张　畅

特约编辑　张　维　韦文菡

出　　版　河北出版传媒集团

　　　　　河北教育出版社　http://www.hbep.com

　　　　　（石家庄市联盟路 705 号，050061）

印　　制　天津盛辉印刷有限公司

开　　本　787 mm × 1092 mm　1/32

印　　张　8.75

字　　数　168 千字

版　　次　2022 年 10 月第 1 版

印　　次　2022 年 10 月第 1 次印刷

书　　号　ISBN 978-7-5545-7175-0

定　　价　48.00 元
